EUOG

EUOG

Llion Iwan

Gomer

Cyhoeddwyd yn 2006 gan
Wasg Gomer, Llandysul, Ceredigion SA44 4JL

ISBN 1 84323 759 8
ISBN-13 9781843237594

Dymuna'r cyhoeddwyr gydnabod cymorth
Cyngor Llyfrau Cymru.

Argraffwyd a rhwymwyd yng Nghymru gan
Wasg Gomer, Llandysul, Ceredigion

Er cof annwyl am nain arbennig,
Doris Thomas, Mynydd Llandegái,
1920–2006

YSBRYDION Y GORFFENNOL

DAU FRAWD – ALOIS . . .

Yng ngwanwyn 1902 dihangodd Awstriad ifanc o'r enw Alois Hitler o dlodi Vienna i Ddulyn i chwilio am waith. Cafodd swydd yng ngwesty'r Shelbourne yn glanhau'r gegin. Fel ymfudwr, derbyniai lai o gyflog na gweddill y staff, ac roedd y gwaith butraf a chaletaf yn cael ei daflu ar ei ysgwyddau ef. Cysgai mewn ystafell fechan ar wely pren gyda matres denau arno. Ond roedd Alois yn uchelgeisiol. Dysgodd Saesneg yn rhugl a gwireddodd ei freuddwyd o fod yn weinydd.

Cwympodd mewn cariad â morwyn ifanc, Bridget Dowling, oedd ond yn bedair ar bymtheg oed. Roedd ei thad yn gandryll fod ei unig blentyn yn canlyn ag ymfudwr, a bu'n rhaid i'r ddau ffoi i Lundain yn Hydref 1909. Priodwyd hwy yno ym mis Mehefin y flwyddyn ganlynol.

Aethant i fyw i Lerpwl gan rentu tŷ yn 102 Upper Stanhope Street, lle ganwyd eu hunig fab, William Patrick Hitler, yn 1910. Chwalodd y briodas ar drothwy'r Rhyfel Mawr, a dychwelodd Alois i'r Almaen gan wireddu breuddwyd arall a rhedeg tŷ bwyta llwyddiannus yn Berlin. Bu farw yn Munich yn 1951. (Chwalwyd ei hen gartref yn Lerpwl gan gyrch olaf y *Luftwaffe* ar y ddinas yn 1942.)

Ymfudodd ei fab, William Patrick, i America yng nghanol yr Ail Ryfel Byd, gan fynd â'i fam, Bridget, gydag ef. Ymunodd â'r llynges gan frwydro yn erbyn lluoedd ei ewythr Adolf. Ganwyd pedwar mab iddo –

Louis, Adolf, Alex a Howard. Lladdwyd yr olaf mewn damwain car yn 1989.

Pan ganfuwyd y tri mab arall gan awdur yng nghanol y 1990au clywodd eu bod wedi tyngu llw – nid oedd yr un ohonynt byth am briodi na chael plant. Roeddent am i enw a llinach Hitler farw unwaith ac am byth. Roedd y tri wedi gorfod symud yn aml gan fod cefnogwyr Ffasgaidd wedi ceisio dod o hyd iddynt droeon; roedd gafael yr enw Hitler mor gryf ag erioed.

Roedd y tri yn cofio eu nain Bridget, a fu farw yn 1969, yn dda, ac yn cofio amdani'n sôn byth a hefyd am y gyfrinach fawr oedd yn ei dyddiaduron. Ond wyddai'r un ohonynt ble roedd y rheiny bellach.

... AC ADOLF

Er gwaethaf ymchwil fanwl, ni ŵyr haneswyr i sicrwydd hyd heddiw ble roedd Adolf Hitler rhwng 1911 a 1912. Dyma'r unig gyfnod o'i fywyd pan nad oes unrhyw gofnod o'r lle roedd yn byw, pwy oedd ei gyfeillion na'r hyn roedd yn ei wneud.

Tan 1910, cardotyn ydoedd yn crafu byw ac yn cysgu mewn llety i'r digartref yn Vienna. Erbyn mis Rhagfyr y flwyddyn honno roedd pethau'n edrych yn ddu arno. Roedd ei gais i'r coleg yn Vienna i astudio arlunio wedi'i wrthod am yr eilwaith, a'i freuddwydion o fod yn artist wedi'u chwalu. Surodd at Vienna. Yna fe gafodd etifeddiaeth hael gan ei fodryb Johanna, ac fe ddiflannodd yn llwyr am bron i ddwy flynedd.

Euog

'Euog. Euog o lofruddiaeth,' datganodd cadeirydd y rheithgor gan fwynhau'r sylw.

Tarodd y geiriau Dafydd Smith fel morthwyl. Syrthiodd ar ei eistedd yn galed ar y fainc bren gan blygu yn ei hanner. Suddodd ei ben i lawr nes i'w dalcen daro'r fainc o'i flaen. Roedd dyfarniad y rheithgor wedi ei chwalu'n llwyr. Tan yr eiliad olaf un, credai y byddai'r aelodau'n ei gael yn ddieuog ac y byddai'r gwir am y llofrudd lluosog, y *serial killer* roedd Dafydd wedi rhoi'r enw y Casglwr iddo, yn cael ei ddatgelu.

Teimlodd law ar ei ysgwydd a gwyddai mai ei gyfreithiwr profiadol, Nic Williams, oedd yn ceisio'i gysuro. Roedd wedi ymdrechu'n galed i brofi nad Dafydd lofruddiodd ei gariad, Anna Bennett. Oherwydd y dystiolaeth yn ei erbyn, roedd Nic wedi erfyn ar Dafydd droeon i bledio'n euog. Pe gwnâi hynny, roedd yr erlyniad wedi addo y buasent yn ei gyhuddo o ddynladdiad, nid llofruddiaeth.

'Dyna be ti'n haeddu, y cythraul! Ti wedi dwyn ein merch fach ni a dwi'n gobeithio y byddi di'n pydru yn y carchar am weddill dy fywyd. A does dim rhyfedd bod dy fam wedi marw. Mi wnest ti dorri'i chalon hithau hefyd.'

Doedd dim rhaid i Dafydd droi ei ben i wybod mai Nicholas Bennett, tad Anna, oedd yn gweiddi. Roedd yn ei gasáu pan roedd ei ferch yn fyw hyd yn oed. Roedd wedi eistedd yn y llys bob diwrnod o'r achos a barodd am dair wythnos, yn syllu'n galed ar gefn pen Dafydd.

Ar ôl ei weld yno y bore cyntaf, nid oedd gan Dafydd y galon i edrych arno eto. Roedd arno eisiau anfon llythyr at Mr Bennett yn dweud mai'r Casglwr oedd wedi lladd ei ferch, er mwyn rhoi'r bai ar Dafydd. Ond cynghorodd ei gyfreithiwr na fyddai hynny'n ddoeth. Dyfarnodd y barnwr na fyddai'n derbyn unrhyw dystiolaeth am lofrudd lluosog honedig, er bod Dafydd yn gwybod bod tystiolaeth gref i'r Casglwr lofruddio o leiaf dri deg saith o fodwyr a theithwyr ar hyd arfodir gogledd Cymru.

'Rydym yma i wrando ar dystiolaeth am lofruddiaeth un person, sef Anna Bennett,' meddai bargyfreithiwr yr erlyniad yn ei siwt ddrud o wlân tywyll ar fore cyntaf yr achos.

'Dylsech roi o'r neilltu unrhyw straeon am lofrudd lluosog a chanolbwyntio ar yr achos hwn yn unig. Llofruddiaeth erchyll merch ifanc ddawnus gan ei chariad, Dafydd Smith. Dyn oedd wedi cweryla gyda hi droeon, wedi bod yn anffyddlon iddi, oedd mewn dyled, yn gamblo ac roedd yn ymgodymu â phroblem alcohol.' Roedd bron wedi poeri'r geiriau yna wrth bwyntio at Dafydd.

'Ac fe'i llofruddiodd mewn gwaed oer gyda chyllell o'i gegin ei hun, a honno'n anrheg gan ei thad,' clodd y bargyfreithiwr ei agoriad yn ddramatig. Roedd y rheithgor yn syllu'n gegagored ar Dafydd, a derbyniodd y barnwr ei ddadleuon.

Gwasgodd Dafydd ei ddwylo'n ddyrnau caled nes bod ei figyrnau'n wyn. Er bod ei berthynas gydag Anna wedi bod yn un anodd, roedd yn ei charu. Ar gais ei thad gwrthodwyd caniatâd i Dafydd i fynd i angladd Anna Bennett. Trawyd ei fam yn wael ddyddiau'n unig ar ôl iddo gael ei gyhuddo o lofruddio Anna, ac fe fu hi farw o fewn ychydig wythnosau. Ni chafodd Dafydd fynd i'w gweld unwaith yn yr ysbyty. Nid oedd y doctoriaid yn siŵr beth a'i lladdodd, er bod Dafydd yn sicr iddi dorri'i chalon. Teimlodd fel petai wedi treulio'i oes yn siomi ei fam, wrth fethu yn ei yrfa fel pêl-droediwr proffesiynol ac yna'n colli'i swydd gyda'r *Times*.

Bu'n rhaid i Dafydd fynd i angladd ei fam mewn gefynnau gyda cheidwad carchar yn sefyll un bob ochr iddo. Fe'i llusgwyd oddi yno bron cyn i'w harch gyffwrdd y pridd ar lawr ei bedd.

'Distawrwydd! Distawrwydd yn y llys. Os ceir unrhyw weiddi pellach fe fyddwch yn euog o ddirmyg llys ac fe gewch chwithau eich anfon i'r gell,' meddai'r barnwr gan daro'i forthwyl pren mor galed nes i'w feiro neidio oddi ar y ddesg a pheri i'w gwpan dŵr droi ar ei ochr a throchi'i bapurau. Cododd y rheiny â'i law chwith gan geisio'n ofer eu hysgwyd yn sych.

'Ewch â'r diffynnydd i'r gell. Mi fyddwn yn dychwelyd am adroddiadau pellach ymhen yr wythnos ac yna am y ddedfryd dridiau'n ddiweddarach. Ond Mr Smith,' meddai'r barnwr gan dynnu'i sbectol oddi ar ei drwyn a rhyw ran bach ohono'n difaru na allai roi hances ddu ar ei ben, '. . . rwy'n eich rhybuddio chi i ddisgwyl dedfryd hir o garchar gan i chi wadu eich euogrwydd gydol yr achos yma, er gwaethaf y dystiolaeth gref oedd yn eich erbyn. Dyma'r achos gwaethaf i mi erioed fod yn rhan ohono ac rwy'n gobeithio, er eich lles chi eich hun, y byddwch nawr yn ailystyried eich sefyllfa. Wedi'r cyfan, bydd gennych weddill eich oes i'w ystyried. Mi fydda i'n rhoi'r ddedfryd drymaf posibl ichi yn yr achos yma. Ewch â'r diffynnydd o 'ngolwg ar unwaith.' A gyda hynny cododd y barnwr a throi ar ei sawdl gan adael y llys trwy ddrws ochr i fynd am ei ginio.

Roedd llygaid Dafydd wedi eu hoelio ar y llawr ond synhwyrodd fod ceidwaid yn sefyll bob ochr iddo ac yn disgwyl iddo godi ar ei draed. Ond nid oedd nerth yn ei goesau a teimlodd eu dwylo'n gafael yn dynn yn ei freichiau gan ei orfodi ar ei draed. Taflwyd y gefynnau dur yn dynn am ei addyrnau.

'Dafydd, rhaid i chdi fod yn gryf rŵan. Mi wna i siarad efo chdi fory, cofia ffonio fi ac mi wna i ddod draw i dy weld. Mae gen ti hawl i apelio, cofia. Tydi hyn ddim yn ddiwedd y byd.' Ei gyfaill, Ifan Llewelyn, oedd yn siarad. Safai y tu ôl iddo ac oedodd y ddau geidwad am eiliad wrth ei adnabod fel un o benaethiaid ditectifs heddlu'r Gogledd. Ni ddywedodd Dafydd air ond codi'i ddwylo, oedd nawr yn ôl mewn gefynnau, cyn troi ar ei sawdl a thynnu'r ceidwaid ar ei ôl.

Wrth gerdded tuag at y drws a fyddai'n ei arwain i goridor cul o bren ac yna i'r fan *Group 4* fyddai'n mynd ag ef i'r carchar, cafodd gip ar Elen Davies. Roedd yn chwifio un llaw arno ac yn dal ei gafael yn ei llyfr nodiadau â'r llaw arall. Bu'n dilyn yr achos ar gyfer y papur lleol, y *Coast Weekly*. Fe'i penodwyd yn ohebydd llawn, ei hen swydd ef, ar ôl iddo gael ei arestio a'i gyhuddo. Ni wenodd arni ac yna roedd llaw y ceidwad ar ei ben yn ei wthio i lawr y coridor ac i'r carchar.

Hela

Cododd y ddrychiolaeth fel petai o'r pridd, a hynny'n ddirybudd. Roedd mwd a baw dros ei gorff noeth a'i wallt hir wedi'i glymu'n ôl â chadach du. Yn ei law dde roedd dagr hir, ac ar amrantiad roedd yn pwyso yn erbyn gwddf un o'r dynion nes tynnu gwaed yn syth. Gollyngodd hwnnw ei wn ac fe wnaeth ei gyd-heliwr yr un fath wrth deimlo'i berfedd yn troi'n ddŵr.

Chwarter awr ynghynt, wrth iddo geisio cysgodi rhag y glaw ar wyneb craig ar arfordir sir Benfro, a'r ddau ddyn yn chwilio amdano, teimlodd y Lladdwr bwysau'r dagr hir unwaith eto. Ffitiai'n berffaith yng nghledr ei law. Pedair modfedd o garn pren yn dal chwe modfedd o ddur yn gadarn yn ei le. Ar un ochr y llafn roedd dannedd fel lli, a'r llafn hwnnw'n ddigon llym i dorri tudalen o bapur yn llyfn. Neu, yn llaw rhywun oedd wedi arfer â'i ddefnyddio, byddai modd trywanu trwy ddwy fodfedd o bren. Bu'n lladd â chyllell ers blynyddoedd.

Cyllell hela a physgota oedd hi a brynodd ar wyliau yn Alaska flynyddoedd ynghynt gan gyn-filwr barfog mewn siop ar ochr yr Yukon. Roedd yr afon wedi rhewi'n gorn ganol gaeaf caled arall. Wrth feddwi'n araf ar ei win cartref, oedd yn ddigon cryf i bydru stumog morfil, cynigiodd yr hen filwr ynnau o bob math iddo hefyd. Gwrthododd y Lladdwr gyda gwên tra oedd yn llyncu llond gwydr budr arall o'r gwin. Roedd yn well ganddo gyllell erioed. O'i defnyddio'n gywir ni wnâi unrhyw sŵn ac nid oedd unrhyw gyfraith yn rhwystro neb rhag cario cyllell ar gyfer pysgota neu hela.

Dechreuodd grynu gan ei fod yn pwyso ar y graig. Clywai'r dynion yn galw ar ei gilydd uwchlaw'r gwynt, ac er bod dau ohonyn nhw a dim ond un ohono ef – ac nad oedd gwn ganddo – nid oedd yn teimlo'n ofnus. Roeddent yn cerdded yn bwyllog ar hyd ochr y mynydd gan edrych dan bob cors a defnyddio carnau eu gynnau i godi unrhyw garreg allai fod yn cuddio twll yn y llawr. Cawsant eu rhybuddio droeon eu bod yn chwilio am rywun oedd yn feistr ar y grefft o guddio yn y tir.

Ond ni sylweddolodd yr un o'r ddau nad chwilio roedden nhw'n awr. Nhw oedd yn cael eu hela bellach. Yr unig reswm nad ymosododd arnynt hyd yma oedd er mwyn gadael i'r storm eu blino, eu hoeri a'u gwanhau. Byddent yn brae tipyn haws iddo wedyn. Sylweddolai ei fod yn dal i fwynhau gwneud hyn.

Er bod y gwynt yn chwipio'r tonnau islaw gan chwibanu'n galed trwy'r goedwig gerllaw, a'r glaw yn arllwys, roedd yn noeth, heblaw am ei sgidiau cerdded a rycsac werdd ar ei gefn. Plastrodd fwd a baw drosto – nid oherwydd unrhyw swildod, ond er mwyn cuddio lliw ei groen. Gan ei fod yn sefyll ar silff fechan oedd wedi'i chysgodi gan y graig uwchben, roedd bron yn amhosibl i neb ei weld. Byddai'n rhaid pwyso ymlaen a chraffu'n ofalus i'w weld, a dyfalodd yn gywir na fyddai neb yn debygol o wneud hynny yn y gwynt yma. Ond rhag ofn bod un yn fwy mentrus a thrylwyr na'r llall, roedd y dagr yn barod yn ei law.

Clywodd eu lleisiau'n symud yn raddol ymhellach i

ffwrdd gan gael eu chwipio'n bell ar y gwynt. Gwyddai pe bai'r rhain yn helwyr proffesiynol na fuasent wedi dweud gair. Arhosodd funud arall gan gyfri pob eiliad yn ofalus cyn rhoi'r gyllell rhwng ei ddannedd, gyda'r ochr finiog tuag allan. Yna dringodd dros y graig. Am eiliad roedd yn hongian uwchben y môr gyda'i goesau'n crafangu am afael. Yna roedd wedi tynnu'i gorff dros y graig ac ar y llwybr. Edrychodd o'i amgylch yn gyflym cyn symud i'r guddfan gyfagos roedd wedi'i pharatoi'n gynharach. Dyfalodd eto na fuasai'r ddau ddyn mor ofalus wrth ddychwelyd ar hyd y llwybr roeddent newydd ei chwilio funudau ynghynt. Roedd hynny'n risg bychan, ond gyda dim ond cyllell yn erbyn dau ddyn arfog roedd yn barod i fentro.

Swatiodd yn y twll oedd wrth ochr y llwybr gan dynnu clogyn *camouflage* drosto'n ofalus. Credai'n sicr y buasai'r ddau'n defnyddio'r llwybr gan fod y gors mor drwchus a phigog. Nawr doedd dim amdani ond aros. Roedd wedi hen arfer aros. Roedd yn heliwr profiadol ac amyneddgar. Gyda chyllell fel hon, a'r fantais ar ei ochr ef, credai y gallai eu trechu. Mewn llai na deng munud a gyfrodd eto yn ei feddwl, clywodd y ddau'n dychwelyd. Gallai deimlo'u traed yn taro'r ddaear yn drwm. Tynhaodd ei gyhyrau gan dynnu anadl ddofn i'w ysgyfaint, ac yna cododd o'r ddaear wrth deimlo cryndod eu traed yn agosáu. Teimlai'r gyllell yn swatio'n gyfforddus yn ei law. Cododd ar ei draed heb rybudd.

*   *   *

Eisteddai'r ddau ddyn ar y llawr yn crynu o oerfel ac ofn gan edrych ar y gyllell yn y ddaear oedd yn dal â gwaed arni. Gwisgai'r Lladdwr amdano'n gyflym ac roedd yn amlwg yn mwynhau ei hun.

'Eich camgymeriad cyntaf oedd peidio â delio gyda'r elfennau,' meddai. 'Ydi, mae'n glawio'n drwm ond tydi hi ddim mor oer â hynny. Felly y cam gorau ydi tynnu eich dillad a'u cadw'n sych yn eich rycsac. Na, tydio ddim yn gyfforddus ac rydych chi'n teimlo'n oer am sbel, ond bydd symud o gwmpas yn eich cadw'n gynnes. Yna, pan fydd y glaw yn peidio, gallwch ailwisgo'ch dillad sych. Mae'n llawer gormod o risg cynnau tân i geisio sychu eich dillad. Bydd raid i chi nawr wisgo'ch dillad gwlyb nes byddwn 'nôl yn y ganolfan.'

Cododd Abel Morgan y gyllell o'r ddaear gan sychu'r llafn yn ofalus cyn ei rhoi 'nôl yn ei gwain am ei ganol. Edrychodd ar wddf y tewaf o'r ddau ddyn ifanc. Roedd y gwaed wedi ceulo'n barod, a dim ond prin dorri'r croen a wnaeth. Ond roedd hynny'n gamgymeriad. Dwi'n mynd yn hen, ceryddodd ei hun yn ddistaw.

'Yna roeddech yn gwneud llawer gormod o sŵn gan ei gwneud hi'n hawdd i mi wybod ble roeddech chi drwy'r amser. Efallai mai cwrs hyfforddi ydi hwn, ond dylsech ddelio â phob ymarfer fel petai'n sefyllfa go iawn. Yna, pan ddigwyddith argyfwng go iawn, byddwch yn gwneud popeth yn reddfol, heb oedi na gwneud camgymeriadau.

'A peidiwch byth â chymryd dim yn ganiataol. Hyd yn oed os ydech chi wedi chwilio'r llwybr dylsech wneud hynny eto wrth fynd 'nôl ar ei hyd. Mi roedd hyn yn llawer iawn rhy hawdd i mi, ond dyna ddiwedd y wers am heddiw. Unrhyw gwestiynau?'

Dim ond crynu a wnaeth y ddau cyn codi'n araf.

'Reit, 'nôl â ni cyn i chi ddal annwyd. Dach chi'n gorfod mynd 'nôl adref heno i Lundain? Gwell cychwyn ar unwaith, felly.'

Gwelodd fod un wedi codi'i law.

'Fel hyn roeddech yn ymarfer yn yr SAS?' Gofynnodd y banciwr masnachol y cwestiwn y bu'n ysu i'w holi.

'Pwy ddywedodd imi erioed fod yn aelod o'r SAS? Dim ond y fyddin dwi wedi sôn amdani gyda chi. A beth bynnag, chi ydi gwir aelodau'r SAS,' meddai Abel Morgan, neu'r Lladdwr fel y galwai ei gyd-filwyr ef tra bu yn y fyddin. Gwenodd o weld y penbleth ar eu hwynebau.

'Milwyr *Saturdays and Sundays only* ydech chi mewn gwirionedd,' meddai gan gychwyn cerdded 'nôl tuag at y ganolfan.

Roedd yn mwynhau'r math yma o waith a daliai i synnu cynifer o ddynion cefnog oedd yn fodlon talu'n ddrud i gael eu llusgo trwy gefn gwlad bob penwythnos. Byddai pob ymarfer yn gorffen gyda helfa, ond byddai'n rhaid bod yn fwy gofalus i beidio â mynd mor bell â thynnu gwaed y tro nesaf. Nid oedd i fod i ladd bellach. Cofiodd y noson gyntaf iddo fod ar helfa go iawn a ryddhau ei brae heb ei ladd. Tybed ble mae Dafydd Smith erbyn hyn, gofynnodd y Lladdwr iddo'i hun.

Ymosodiadau

Clodd y myfyriwr ddrws llyfrgell prifysgol St Petersburg a'i ysgwyd i wneud yn siŵr bod yr allwedd wedi brathu. Roedd achosion o ladrata ar gynnydd, a'r digartref yn barod i dorri'r gyfraith er mwyn cael lloches. Teimlodd yr oerfel bron ar unwaith er gwaetha'r gôt hir drwchus a brynodd yn y siop elusen ar ddechrau'r gaeaf. Roedd honno'n llawn o ddillad cyn-filwyr o'r rhyfel yn Chechnya.

Cofiodd yr wyneb blin gyda'r trwyn rhychiog coch yn bradychu blynyddoedd o yfed trwm a syllai'n galed arno wrth iddo brynu'r gôt. Roedd wedi hen arfer â hynny bellach. Dyna reswm arall dros brynu un o hen gotiau'r fyddin – gallai guddio ynddi wrth gerdded y strydoedd. Ond ni fyddai'r gôt yn twyllo'r rhai oedd yn aros amdano'r noson honno. Roedd llygaid cenfigennus y cyn-filwyr wedi bod yn ei wylio wrth iddyn nhw gynllwynio.

Trodd a dechrau cerdded o'r campws gan ddilyn ei lwybr arferol trwy'r giât ochr. Cerddai ar balmant oedd wedi cracio; roedd rhes o geir bychan, budr wedi parcio'n flêr wrth ei ochr a wal goncrid uchel yr ochr arall wedi'i gorchuddio â graffiti. Nid oedd hanner y goleuadau'n gweithio yma – diffyg bylbs, meddai rhai; prinder trydan, yn ôl eraill.

Ers iddo gyrraedd y ddinas hynafol dair blynedd ynghynt, roedd wedi gweld safonau glendid a chynnal a chadw ar y strydoedd yn dirywio. Difarai weithiau ddewis dod yma o Liberia, ond roedd ysgoloriaethau'n cael eu cynnig i fyfyrwyr o Affrica. Erbyn hyn roedd y strydoedd bron mor beryglus â rhai Monrovia pan oedd y rhyfel cartref yn ei anterth. Yn enwedig i fewnfudwr fel fo. Ond byddai'n mynd adref at ei wraig a'i ddau blentyn ifanc ar ôl arholiadau gradd yr haf. Addawodd hynny iddo'i hun am y milfed tro, ac oni bai am yr oerfel byddai wedi agor ei gôt a thynnu'i hoff ddarlun o'r teulu allan o boced ei grys.

Sylwodd ar ddau ddyn yn cerdded yn bwyllog tuag ato; arafodd ei gam ar unwaith ac edrych dros ei ysgwydd. Ni welai neb arall, ac roedd ar fin croesi'r stryd pan sylwodd ar eu capiau dan un o'r lampau oedd yn taflu golau gwan. Roedd yn eu hadnabod fel swyddogion yr heddlu cyffredin, nid y sgwadiau arbennig a dargedai unrhyw un nad oedd yn Rwsiad. Ymlaciodd rhywfaint er ei fod yn gwybod y gallai gael helynt gan y rheiny hefyd, ond roedd ei bapurau adnabod ganddo ac roedd yn rhugl ei Rwsieg. Ymresymodd y byddent yn fwy tebygol o weiddi arno a'i atal pe bai'n croesi'r stryd ac yn ymddwyn yn amheus.

Cerddodd yn ei flaen tuag atynt, a phan oedden nhw bron â'i gyrraedd, safodd i un ochr yn erbyn y ceir i adael i'r ddau fynd heibio. Yn rhy hwyr, sylweddolodd fod un yn codi pastwn hir yn ei law. Crymodd ei ysgwyddau a dechrau symud gam yn ôl, ond fe'i rhwystrwyd gan fod y ceir wedi parcio'n rhy agos at ei gilydd. Ceisiodd ddianc i'r cyfeiriad arall ond rhwystrwyd ef gan y wal. Gwelodd fod yr heddwas yn gafael yn y pastwn â'i ddwy law. Ond y fflam o'r baril fradychodd y ffaith mai gwn oedd ganddo, nid pastwn. Dim ond amrantiad gafodd Haminu

Mensah i sylweddoli beth oedd yn digwydd cyn i'r fwled drom rwygo trwy'i gôt ac ymlaen trwy ei gnawd i'r wal tu hwnt.

*   *   *

Ers iddi ddod i Rwsia o Armenia, nid oedd Mani wedi mwynhau'r 'gwyliau' roedd ei rhieni wedi ei addo a'i ddisgrifio iddi. Anaml roedd yn cael gadael y fflat fechan gyfyng ar gyrion St Petersburg a rannent gyda theulu arall o Yerevan, heblaw i fynd i'r ysgol neu i siopa, a hynny bob tro gydag o leiaf un oedolyn, os nad dau, yn gwmni.

Ond a hithau ar drothwy dathlu'i phen-blwydd yn naw oed, roedd yn gobeithio y byddai parti yn y fflat ar ôl ysgol y diwrnod wedyn. Roedd ei meddwl yn llawn cynlluniau hapus pan glywodd gnoc ar y drws. Rhuthrodd i'w ateb er bod ei mam wedi'i siarsio droeon i beidio â gwneud hynny. Nid oedd Mani'n adnabod yr un o'r ddau ddyn a safai yno. Wrth iddi weld y gyllell hir yn llaw un o'r dynion, tynnodd lond ysgyfaint o wynt yn barod i sgrechian yn uchel.

Fe'i llusgwyd i'r coridor cul y tu allan i'r drws gan un dyn tra caeodd y llall ddrws y fflat yn wyneb ei rhieni gan eu bygwth â gwn. Tagodd sgrech Mani pan welodd y gyllell yn cael ei thrywanu tuag at ei gwddf.

*   *   *

Mater bychan oedd hoelio drysau dianc y lloches ym Mharis ar gau am byth gyda darnau o bren cyn mynd ati i'w boddi mewn petrol. A chan fod y grisiau i'r llawr cyntaf hefyd wedi eu trochi, roedd y fflamau wedi cydio a lledaenu cyn i neb o'r preswylwyr ddeffro. Erbyn i gymydog ffonio'r awdurdodau roedd yn rhy hwyr, a chymerodd y frigâd dân dros hanner awr i gyrraedd un o ardaloedd tlotaf y ddinas. Erbyn hynny hefyd roedd y ddau ddyn a fu'n gyfrifol am yr ymosodiad diweddaraf wedi dianc. Ond nid cyn gadael arwydd bychan ar ôl.

Yn ffodus, doedd neb heblaw dau hen ŵr wedi dychwelyd i'r lloches ar ôl bod yn dathlu priodas cwpl ifanc mewn mosg lleol. Dychwelodd y teuluoedd mewn pryd i weld yr adeilad a fu'n gartref dros dro iddynt yn wenfflam, a'u holl eiddo wedi'i golli am byth. Ond byddent yn clywed sgrechiadau'r ddau hen ŵr o'r llawr uchaf yn eu hunllefau am wythnosau.

*   *   *

Cafodd adroddiadau eu paratoi gan yr heddlu erbyn amser cinio y diwrnod canlynol yn y ddwy ddinas, ond nid aeth yr ymholiadau ymhellach. Roedd gan yr heddlu waith pwysicach ar eu dwylo.

Yn ôl yr arfer, casglwyd y manylion gan ohebwyr lleol a sgwennodd bwt o stori amdanynt cyn eu hanfon ymlaen i asiantaeth newyddion yng ngwlad Belg. Derbyniwyd hwy gan Khaled Ahmed, gohebydd profiadol oedd ar ddyletswydd ar ddesg newyddion yr asiantaeth ym Mrwsel. Gwyddai ef nad oedd gan neb ddiddordeb mewn straeon o'r fath bellach; roedd ymosodiadau ar dramorwyr mor gyffredin ac roedd yn rhaid i nifer ohonynt farw cyn y byddai neb yn talu unrhyw sylw.

Dim ond Khaled a gysylltodd y ffaith fod *swastika*

wedi'i baentio ar wal ger pob un o'r ymosodiadau – a hynny mewn gwaed yn achos y ferch fach naw oed. Rhyfeddai ei bod wedi byw er gwaethaf yr ymosodiad a'i gadawodd â chraith yn ei gwddf oedd angen pymtheg pwyth ar hugain ynddi.

Ond gwyddai Khaled y byddai ei gyflogwyr eraill yng ngwasanaeth cudd *MI6* yn talu'n dda am y straeon hyn. Erbyn pump o'r gloch y prynhawn roeddent wedi'u cynnwys yn ei adroddiad dyddiol ac ar ddesg yr Adran Ddwyreiniol yn y pencadlys ger afon Tafwys yn Llundain.

Y Ffotograff

Nid oedd gwres yr haf cynnar eto wedi parlysu strydoedd swnllyd Efrog Newydd pan lamodd dyn canol oed i fyny grisiau llydan llyfrgell gyhoeddus y ddinas. Gwisgai hen siwt lwyd gyda chrys a thei streips coch a llwyd, a chariai friffcês lledr yn ei law dde. Nythai bathodyn maint gewin bawd ar boced ei siwt. Roedd honno ar siâp tarian, yn felyn gyda streipen ddu a phen ceffyl yn y gornel yn nodi iddo fod yn filwr yng nghatrawd yr *air cavalry.* Roedd y ddwy flynedd a dreuliodd yn fforestydd Fietnam wedi siapio gweddill ei fywyd. Byddai'n gwisgo'r bathodyn tan y diwrnod y byddai farw.

Gwthiodd drwy'r drysau pren enfawr gan symud yn gyflym drwy'r dorf. Dyn recordio sain ar gyfer rhaglenni teledu oedd Adam Hamilton, ac roedd wedi gweithio yn y llyfrgell droeon. Nid oedd am oedi am eiliad yn hirach nag oedd raid. Credai ei fod ar fin darganfod yr hyn y bu'n chwilio amdano ers tair blynedd.

Sylwodd eto mai dau ddyn o Korea oedd ar ddyletswydd fel dynion diogelwch, ac nad oedd y naill na'r llall yn rhugl ei Saesneg. Gwrthododd gydnabod cyfarchiad na gwên y ddau. Ymysg ei ffrindiau cytunai bod yn rhaid derbyn pobl felly i wneud rhai swyddi, ond na ddylid byth gynnig swyddi cyhoeddus fel hyn iddynt. Aeth i mewn i'r lifft gan esgyn i'r trydydd llawr lle arwyddodd y gofrestr yn ofalus a dangos ei gerdyn adnabod er mwyn cael mynediad i'r adran llawysgrifau prin.

Roedd yn dawelach yma, gyda'r waliau trwchus yn mygu sŵn y traffic a gwres y ddinas. Ni welai neb arall, er y gwyddai bod y camerâu diogelwch yn recordio pob symudiad. Gosododd ei friffcês ar y llawr ger clamp o le tân cyn cerdded rhwng dwy silff orlawn o lyfrau a llawysgrifau. Nid oedd y rhan fwyaf o'r rhain wedi'u cyhoeddi a neb wedi'u darllen ers iddynt gael eu rhoi ar y silff ar ôl cael eu catalogio. Dyddiaduron, cofnodion ac amrywiol bapurau trigolion y ddinas oedd yma – deunyddiau y daethpwyd ar eu traws wrth glirio cartrefi rhai a fu farw, neu a gyflwynwyd yn rhodd i'r llyfrgell.

O'i boced, tynnodd Adam Hamilton lyfr nodiadau ac iddo glawr lledr du, a pensil ynghlwm wrtho, ac edrych trwy'r llyfrau i'w atgoffa ble'r oedd wedi cyrraedd y diwrnod cynt. Chwiliai am ddyddiadur mewnfudwraig o Wyddeles a fu farw bron i ddeugain mlynedd ynghynt, ond roedd y trywydd wedi arwain ar hyd a lled Efrog Newydd a hyd yn oed i Loegr ac Iwerddon a dinasoedd Lerpwl, Dulyn a Llundain. Nawr credai bod yr hyn y chwiliai mor ddyfal amdano o fewn ei gyrraedd.

Ei gyn-uwch-swyddog yn y fyddin, Cyrnol Jack White, oedd wedi rhoi'r dasg i Adam ar ôl un o gyfarfodydd misol cyn-aelodau'r gatrawd mewn tafarn yn Philadelphia dair blynedd ynghynt. Roedd y gwynt yn rhuo tu allan a'r ddau yn wynebu'i gilydd yng nghornel y bar ger y ffenestr.

'Felly, Hamilton,' – byddai Jack White bob amser yn defnyddio cyfenwau wrth siarad â'i gyn-filwyr – 'mae ein ffrindiau yn Ewrop yn amau bod mwy o dystiolaeth yn bodoli yn rhywle, a bod y tri dyn, y gor-neiaint, yn dal yn fyw hyd yn oed. Dy dasg di ydi dod o hyd iddyn nhw a cheisio dod o hyd i bob darn o wybodaeth alli di am y teulu. Yn amlwg, mae'n rhaid i ti gadw hyn i gyd yn gyfrinachol.'

Aethai Adam ati'n ddygn i chwilio am y teulu ac, yn wir, trwy ei gysylltiadau yn y byd teledu, fe ddaeth o hyd i'r dynion, ond roedd pob un wedi gwrthod dweud gair ac wedi diflannu unwaith eto yn fuan wedyn. Ond daliodd ati gyda'r ymholiadau eraill gan gyrraedd cartref i'r henoed yn Hoboken un pnawn Sul oer o Ragfyr. Roedd pentyrrau o sbwriel wedi casglu y tu allan i'r drysau a fframiau pren y ffenestri yn araf bydru ar ôl cael eu hamddifadu o baent am flynyddoedd.

Wedi holi'n ofalus a chynnig dau gan doler mewn arian parod i un o'r porthorion, cwrddodd â hen ddynes a fu ar un adeg yn rhannu ystafell gyda'r hen Bridget. Er fod hon bellach yn 95 oed, ac yn fusgrell, roedd ei meddwl yn chwim fel gwiwer, fel y tystiai'r pentwr o lyfrau wrth ochr ei gwely.

'Cofio'r hen Bridget? Ydw, tad. Dynes garedig tu hwnt, ond trist hefyd. Roedd ei theulu wedi ei gadael hi yma, fel fi, ac wedi'i chadw yma dan enw arall hefyd. Ond tydi hynny ddim yn syndod o gofio'i henw priodasol chwaith!' meddai gyda gwên slei ar ei hwyneb.

Pan ddatgelodd Adam Hamilton iddi ei fod yn gwybod hynny, methodd â chuddio ei syndod cyn gwenu.

'Roedd hi'n arfer dweud nad oedd neb yn ei chredu. Ond roedd bob amser yn dweud fod tystiolaeth bendant ganddi ac y buasai'n gwneud ei ffortiwn ryw dro o'i defnyddio. Rwy'n gallu ei gweld hi nawr yn dweud hynny gan afael yn dynn yn ei dyddiadur a tharo . . . na, arhoswch, nid taro ond rhyw fath o anwylo'i bysedd ar y clawr cefn. Roedd rhywbeth yn od ynghylch y ffordd y byddai'n gwneud hynny. Ond yna fe gafodd drawiad ar y galon a bu farw'n sydyn. Dwi'n meddwl i'w phapurau ac ati i gyd gael eu taflu wedyn.'

Yn ffodus, dyna'r un manylyn oedd yn anghywir gan yr hen wraig. Chafodd dim byd ei daflu. Yn hytrach, fe gadwyd ei phapurau mewn ystafell gefn yn y cartref am flynyddoedd cyn eu cyflwyno i Lyfrgell Ganolog Efrog Newydd gyda channoedd o ddogfennau a dyddiaduron eraill. Treuliodd Adam fisoedd yn chwilio'n amyneddgar trwy filoedd o ddogfennau cyn iddo ddod o hyd i'r silff gywir, oedd o'i flaen yn awr.

Gosododd ddogfen yn ymwneud â cheisiadau cynllunio o'r 1950au 'nôl ar y silff gan ddynnu llyfr clawr caled allan. Gafaelodd yn ofalus ynddo a gwelai o'r llwch oedd arno nad oedd neb wedi ei symud ers blynyddoedd. Rhoddwyd clawr caled arno, a dim ond rhif cofnod oedd ar yr ochr; roedd hwnnw wedi pylu'n ddim bron dros y degawdau. Wedi iddo agor y llyfr, gan ddadorchuddio'r clawr mewnol gwreiddiol, gwelodd y geiriau a ysgrifennwyd mewn inc glas, a hwnnw wedi hen sychu. *Dyddiadur Bridget Hitler, Lerpwl 1911.*

*   *   *

Ffrwydrodd y bom dan y car ar ganol stryd Oxford, Llundain, toc wedi hanner dydd. Lladdwyd y gyrrwr a'r heddwas cudd wrth ei ochr yn y fan a'r lle, yn ogystal â'r ddau uwch-swyddog yn y sedd gefn – er na fyddai eu henwau nhw'n cael eu datgelu am rai dyddiau. Bu farw dau siopwr ar y stryd brysur yn ogystal, ac anafwyd pymtheg arall, gymaint oedd nerth y ffrwydrad.

Roedd cyfarfod y bore wedi rhedeg yn hwyr, ond roedd y gwyliwr yn amyneddgar. Er gwaethaf presenoldeb yr heddlu ger y pencadlys ar lan afon Tafwys, arhosodd nes iddo weld y car glas llydan, Almaenig yn gyrru o'r maes parcio tanddaearol. Nid oedd yn synnu nad oeddent yn defnyddio ceir Prydeinig.

Dilynodd nhw o bell ar ei feic modur, yn ei lifrai negesydd, heb dynnu sylw neb. Derbyniodd alwad fer i'r derbynnydd bychan yn ei glust ac roedd eisoes wedi troi i lawr stryd arall cyn gwasgu'r botwm oedd ar declyn yn ei boced i ffrwydro'r bom. Nid arhosodd i wylio'r llanast. Roedd cam cyntaf y cynllwyn wedi mynd yn berffaith; bellach roedd yn amser dechrau chwilio o ddifrif.

Yn swyddogol, rhoddwyd y bai ar eithafwyr Moslemaidd, ond roedd yn amlwg i'r awdurdodau mai celwydd oedd hynny wrth iddynt geisio dewis arweinydd newydd. Lladdwyd cyfarwyddwr diweddaraf y gwasanaethau cudd gan y bom.

$$* \qquad * \qquad *$$

Cyflymodd calon Adam ac roedd ei geg yn sych grimp. Tynnodd ddau lyfr arall oddi ar y silff rhag ofn i rywun oedd yn cadw golwg ar y camerâu geisio dirnad yn ddiweddarach beth roedd wedi bod yn ei ddarllen. Aeth at fwrdd pren ger dwy soffa ledr goch foethus gan suddo i mewn i'r clustogau. Er gwaetha'r moethusrwydd, ni allai aros yn llonydd na theimlo'n gyfforddus, ac yntau mor agos at yr hyn y bu'n chwilio amdano cyhyd.

Roedd wedi darllen copi o'r dyddiadur yma mewn llyfrgell arall. Nid oedd dim ysgytwol yn hwnnw, ac yn amlwg roedd nifer o gamgymeriadau ffeithiol yn frith ynddo. A dyna pam yr aeth i chwilio am y gwreiddiol gan ei fod yn amau'n gryf fod rhywun wedi newid rhannau ohono'n fwriadol er mwyn pardduo gweddill y cynnwys.

Aeth trwyddo'n ofalus nes cyrraedd y dudalen olaf, ac wrth ei throi drosodd teimlodd yn dyner â'i fysedd. Cofiodd eto eiriau'r hen ddynes yn Hoboken ynghylch y modd y byddai Bridget yn mwytho'r clawr cefn droeon wrth siarad.

Roedd hi'n amlwg bod y clawr wedi cael ei lynu'n ofalus rywbryd, ond erbyn hyn roedd y glud wedi hen sychu. Llwyddodd Adam i'w godi'n araf a gallai weld darnau o bapur tu mewn iddo. Tynnodd y rheiny allan. Roedd rhywbeth wedi'i lapio mewn papur llwyd, tenau er bod hwnnw wedi hen sychu bellach hefyd. Agorodd ef yn fwy gofalus fyth gan weld darn arall o bapur wedi'i blygu'n ofalus. Tystysgrif geni ydoedd, o ddinas Lerpwl ym Mawrth 1912. Edrychodd ar y cyfeiriad a gwelodd i berchennog y dystysgrif gael ei eni yn 102 Upper Stanhope Street. Roedd ei galon yn rasio bellach. Enw'r fam oedd Claire Richards a llinell annelwig oedd yn y fan lle'r oedd enw'r tad i fod.

Yna disgynnodd rhywbeth arall allan o dan glawr cefn y dyddiadur i'r llawr, gan lithro'n dawel o dan y soffa ledr. Aeth Adam ar ei liniau'n syth gan deimlo'n ofalus o dan y sedd nes dod o hyd i'r darn papur a'i dynnu allan i'r golau; gwelodd mai ffotograff wedi melynu ydoedd.

Ar y cefn mewn inc du roedd dyddiad, Awst 1911, ac enw siop ffotograffydd yn Lerpwl. Yn y ffotograff ei hun roedd dau gwpl yn sefyll yn unionsyth gan syllu'n ddiwên i lygad y camera. Adnabu Adam un cwpl fel Bridget o Ddulyn a'i gŵr Alois o Awstria. Nid oedd syniad ganddo pwy oedd y ferch arall – edrychai tua deunaw oed – ac roedd dyn yn sefyll wrth ei hochr gyda'i fraich am ei hysgwydd.

Roedd gwallt hwnnw'n flêr dros ei glustiau, gwisgai gôt laes at ei bengliniau ac roedd barf ysgafn ganddo. Edrychai'n ddigon cyffredin. Ond ei lygaid a'i bradychodd. Syllai'r rheiny'n galed trwy'r blynyddoedd; er bod Adam wedi eu gweld droeon o'r blaen mewn ffotograffau a llyfrau hanes, ni welsai nhw erioed mewn ffotograff gwreiddiol. Bu'r holl chwilio'n werth yr ymdrech, meddyliodd Adam; roedd wedi cael yr wybodaeth a dod o hyd i lawer mwy na'r hyn y meiddiodd obeithio amdano. A gwyddai nad oedd neb arall wedi gweld y ffotograff hwn o Adolf Hitler ers o leia ddeugain mlynedd.

Y Gell

Caewyd drws y gell yn ofalus y tu ôl i Dafydd Smith, carcharor rhif 84721, yn adeilad ei Mawrhydi yn Walton, Lerpwl. Gwyddai'r ceidwad a'i hebryngodd o'r fynedfa gymaint o ergyd a gafodd y dyn ifanc o glywed fod ei gais i'r Llys Apêl wedi cael ei wrthod. Nawr wynebai Dafydd hyd at ddeunaw mlynedd yn y carchar am lofruddio'i gariad, a chan ei fod yn dal i wrthod cydnabod ei fod yn euog roedd hi'n annhebygol iawn y byddai'n cael ei ryddhau cyn diwedd y cyfnod llawn. Bu bron i'r ceidwad â chynnig gair o gyngor iddo, ond penderfynodd beidio am y tro. Byddai hen ddigon o amser i wneud hynny rywbryd eto.

Gorweddai ei gyd-garcharor ar ei wely, oedd gyferbyn ag un Dafydd, yn edrych ar gylchgrawn pêl-droed yn llawn o luniau o ferched hanner noeth a hysbysebion am ddillad drud. Hyd braich oedd rhwng y gwelyau, paent llwyd yn diflasu'r waliau bric a sinc bychan gydag un tap dan y ffenestr fechan sgwâr; roedd honno ar ongl fel mai'r oll y gallent ei weld oedd yr awyr.

Roedd twll crwn yn y drws i alluogi'r ceidwaid i gadw llygad ar y carcharorion ar unrhyw adeg, ac roedd yr unig fylb golau uwchben y drws. Swatiai bwced fetel yn y gornel dan gadach glas. Cododd Terry Jones ei ben, a gwelai o'r olwg ar wyneb Dafydd nad oedd angen iddo ofyn sut yr aeth hi y bore hwnnw. Ond roedd Terry'n gwybod y buasai'r apêl yn methu beth bynnag.

Eisteddodd Dafydd ar erchwyn ei wely gan syllu'n hurt ar y wal gyferbyn. Teimlai'r waliau yn cau amdano a chlywai'r allwedd yn troi'n araf yn y clo cyn i'r ceidwad gerdded i ffwrdd. Roedd ei lygaid yn brifo ac yntau heb gysgu ers deuddydd. Sylwodd iddo wthio gewin ei fawd mor galed dan ewin ei fys canol nes ei gracio a thynnu gwaed. Ond er y boen, roedd ei feddwl ymhell bell i ffwrdd. Nid oedd wedi yngan gair ers clywed y dyfarniad.

Gwelai eto y barnwr yn codi o'i sedd ar ôl datgan ei ddyfarniad, a wynebau ei gyfreithiwr a'i fargyfreithiwr yn troi oddi wrtho ac edrych ar y llawr. Atseiniai geiriau tawel y barnwr trwy ei gof fel cloch.

'Nid wyf wedi gweld na chlywed dim dros yr wythnosau diwethaf i gyfiawnhau rhyddhau Dafydd Smith, nac i ailystyried ei euogrwydd. Mae'r dystiolaeth yn ei erbyn yn gadarn, a'r stori bod y lladdwr lluosog, y Casglwr yma, wedi ei fframio yn chwerthinllyd.

'Felly rwy'n datgan bod y ddedfryd wreiddiol yn sefyll, ac wedi ystyried yn ddwys rwyf am ychwanegu dwy flynedd at y ddedfryd gan nad yw Mr Smith yn dal i gyfaddef ei euogrwydd. Efallai y bydd hyn yn rhywbeth y gall ei ystyried yn ddwys dros y blynyddoedd nesaf.'

Gyda hynny gadawodd y barnwr yr ystafell gan chwalu unrhyw obeithion oedd gan Dafydd ar ôl. Nid am y tro cyntaf diolchodd bod ei fam wedi marw.

Yn y llys roedd wedi troi ei ben a gweld ei gyfaill Ifan Llewelyn yn eistedd yno yn ei lifrai. Roedd erbyn hyn yn *chief superintendent*, a'r sôn oedd ei fod ar fin cael dyrchafiad i fod yn ail i'r prif gwnstabl. Roedd Ifan wedi gwenu arno wrth iddo godi ar ei draed cyn i'r gefynnau dur gael eu cloi am arddyrnau Dafydd, ond ni allai wneud unrhyw beth i'w helpu. Nawr teimlai Dafydd bod pob llygedyn o obaith wedi diffodd am byth, a'r blynyddoedd o garchar yn ymestyn yn ddiddiwedd o'i flaen. Ni sylwodd ar fawr ddim ar ôl hynny, a theimlai fel petai'n ei wylio'i hun mewn breuddwyd.

'Ambell waith mewn sefyllfa fel hyn mae'n help i geisio peidio meddwl am yr wythnos nesaf a chanolbwyntio ar heddiw, yna fory ac yna drennydd.' Llais ei gyd-garcharor, Terry, a lusgodd Dafydd 'nôl i'r presennol. 'Creda fi, cymer bob diwrnod fel mae'n dod neu mae hyn yn mynd i dy drechu di. A dylswn i wybod – dwi wedi bod yma ers bron i ddeng mlynedd yn barod.'

Trodd Dafydd ato a hanner gwenu ei ddiolch cyn gorwedd 'nôl ar ei wely gan blethu'i ddwylo y tu ôl i'w ben. Syllodd ar y nenfwd lle roedd rhywun wedi paentio sêr bychain rywdro i geisio helpu'i freuddwydion am fod yn rhydd. Ond yr unig effaith a gawsant ar Dafydd oedd ei atgoffa ei fod mewn cell ac na fyddai'n rhydd i weld sêr eto am amser hir iawn.

'Mi wnes i anghofio am y post. Mi adawodd y ceidwad nhw yma gan nad oedd e'n gwybod pryd yn union y byddet ti'n dod 'nôl. Mae gen ti bentwr go lew yma eto. Dyma chdi, cymera nhw.'

A gyda hynny estynnodd Terry bum llythyr i Dafydd. Er nad oedd e eisiau gwneud dim ond gorwedd, cododd i dderbyn y llythyrau. Mewn cell mor gyfyng, gwyddai pa mor bwysig oedd parchu teimladau'r carcharor arall. Trodd Terry ei sylw 'nôl i'r cylchgrawn.

Sylwodd Dafydd eto fod pob llythyr eisoes wedi'i agor yn ddestlus gyda chyllell, ond wrth edrych arnynt fel arfer gallai ddyfalu'n gywir pwy oedd wedi'u hanfon. Un gan ei hen gyfaill, y pêl-droediwr James Birch, oedd yn dal i fyw yn Llundain. Fe gadwodd e mewn cysylltiad er gwaethaf yr holl sylw yn y wasg dabloid. Adnabu ysgrifen Elen Davies ar un arall. Bellach roedd hithau'n ohebydd gyda'r BBC ac roedd wedi cadw mewn cysylltiad agos, er bod Dafydd yn ei hamau o wneud hynny yn y gobaith o gael sgŵp yn y dyfodol.

Roedd llythyr arall gan fyfyriwr ymchwil yn y gyfraith oedd yn dilyn ei achos, ac yna un gan gymdeithas Gristnogol oedd yn ceisio hybu cysylltiad gyda charcharorion. Ysgrifennai'r rheiny er mwyn lladd amser yn fwy na dim arall. Nid oedd yn adnabod yr ysgrifen ar y pumed, sef amlen wen gyda'i enw a'i gyfeiriad wedi'u teipio arni.

Fel rheol, byddai'n eu dosbarthu gan gychwyn gyda'r mwyaf diflas a chadw'r un y gwyddai fyddai'n gwneud iddo wenu tan yr olaf. Felly cychwynnodd gyda'r un nad oedd yn ei adnabod gan ddyfalu mai llythyr swyddogol o ryw fath ydoedd. Roedd yn anghywir.

Nid oedd dim byd ond cerdyn post yn yr amlen ac edrychodd ar y darlun yn gyntaf, o lyn Windermere yng ngogledd Lloegr. Gadawodd iddo'i hun gael ei swyno am ychydig gan y llun hamddenol o'r dŵr llonydd a'r bryniau gwyrdd. Nid oedd diben rhuthro dim byd yn y gell. Amser oedd y gelyn pennaf. Felly roedd wedi dechrau ymlacio ar ôl siomedigaeth y diwrnod wrth edrych ar y llun ar y cerdyn cyn iddo ei droi drosodd a dechrau darllen y neges. Cyflymodd curiad ei galon a theimlai fel pe bai wedi cael cic galed yng nghanol ei stumog. Er nad oedd nac enw na chyfeiriad arno a bod y neges, fel y cyfeiriad ar yr amlen, hefyd wedi ei theipio nid oedd amheuaeth ganddo o gwbl pwy oedd wedi anfon y cerdyn.

Darllenodd y geiriau iasol:

> Ydi'r pris yn rhy ddrud bellach? Fe wnes i dy rybuddio fod pawb yn gorfod talu'n ddrud am lwyddiant bob amser. A does dim byd mwy gwerthfawr na'n hamser, nag oes? Ond dwyt ti ddim yn brin o hynny rŵan, nac wyt?

Tynnodd Dafydd anadl yn boenus i'w ysgyfaint wrth sylweddoli bod yr un person a allai brofi ei fod yn ddieuog yn dal i'w atgoffa o hynny. Clywodd gylchgrawn Terry yn cael ei osod ar y gwely a gwyddai fod hwnnw'n craffu'n ofalus arno. Daliodd Dafydd i rythu ar y cerdyn post gan deimlo'n sâl. Roedd y geiriau bron yr union rai a ddefnyddiwyd gan ddyn â chyllell un diwrnod hunllefus flynyddoedd ynghynt. Dim ond un person arall a wyddai hynny – a'r Casglwr ei hun oedd y person hwnnw.

*   *   *

Lai na chan milltir i ffwrdd roedd y Casglwr yn paratoi i fynd allan i hela ar ôl diwrnod caled o waith. Roedd wedi bod wrthi'n glanhau'r hen feic modur *Triumph* drwy'r bore nes ei fod yn edrych fel newydd, ac roedd yn barod nawr am ei ginio. Er mor braf roedd ei gartref newydd fe gymerodd lawer o amser ac ymdrech i ddod o hyd iddo, a dim ond newydd ddechrau teimlo'n gartrefol yno yr oedd. A dim ond yn ddiweddar hefyd y teimlodd yn barod i fynd allan i hela eto. Bu'n gyfnod rhy hir o lawer.

Ysgydwodd y cadach y bu'n ei ddefnyddio i lanhau'r llwch oddi ar y beic – defod foreol bellach – cyn ei daflu i gyfeiriad silff bren newydd. Rhegodd pan fethodd ei darged, gan daro hen dun *beans* drosodd a thywallt y dŵr budr a'r brwshys paent a fu'n sefyll ynddo dros y llawr. Rhoddodd nhw'n ôl yn y tun yn gyflym a'i ail-lenwi o'r tap bychan oedd ger drws y garej. Defnyddiodd frwsh caled i sgubo'r dŵr budr allan i'r buarth o bridd a gwair cwta.

Â'r allwedd oedd ar ei wregys, ddatglôdd cist fetel drom oedd wedi'i chuddio dan hen flanced wlân frown. Ynddo roedd ei gyllyll, ei declyn *infra-red* i weld yn y nos, gefynnau ac amrywiol daclau eraill. Dewisodd gyllell hir a'i llafn wedi duo, carreg hogi a cadach wedi'i oelio. Gallai ei hogi a'i glanhau ar ôl cinio. Yn ôl ei arfer, byddai'n symud y gist 'nôl i'w chuddfan danddaearol wedyn.

Gwthiodd y moto-beic yn ofalus i'r garej yr oedd wedi'i adeiladu drws nesaf i'w gartref diweddaraf, hen fwthyn ar gyrion y parc cenedlaethol yn Swydd Cumbria. Clodd gadwyn hir, drwchus o amgylch yr olwynion ac o gwmpas peipen ddur oedd wedi'i chladdu mewn concrit. Gosododd garthen drwchus dros y beic cyn diffodd y golau cryf, yna troi ar ei sawdl a chloi'r garej gan ddefnyddio dau follt a chloeon trwm.

Allai o byth â bod yn rhy ofalus gyda'r beic, oedd yn werth ffortiwn, yn enwedig ac yntau'n byw mor bell o bobman. Roedd y brocer yswiriant alwodd heibio un pnawn Gwener wedi'i synnu a'i blesio gan y fath fesurau diogelwch ac fe gynigiodd ostyngiad o ugain y cant yn y premiwm.

Nid oedd unrhyw ffenestri yn y garej. Ambell waith byddai'n cadw gwesteion ynddo hefyd. Ond byth am fwy na noson.

Y Ffasgwyr

Darllenodd Syr Marcus Evans y neges ddiweddaraf gan y grŵp o gyn-filwyr o America tra oedd yn eistedd ar y toilet yng ngwesty'r Ritz yn Llundain. Ar ei lin roedd ei gyfrifiadur bychan llwyd. Gwenodd yn llydan, ac oni bai ei fod mewn toilet cyhoeddus buasai wedi gweiddi'n uchel wrth ddarllen y neges ddiniwed yr olwg ar safle syrffio poblogaidd. Roedd y bomio yn Llundain wedi bod yn llwyddiant mawr a nawr roedd y chwilio bron ar ben. Pwysodd ei ben yn erbyn y teils gwyn a mwynhau'r oerni ar ei dalcen chwyslyd. Neges syml oedd wedi'i gynhyrfu.

> *Daethpwyd o hyd i lun newydd o'r Duke, yn ei ddangos cyn y Rhyfel. Bydd yn siŵr o hybu mwy o ddiddordeb mewn syrffio, a chreu dilynwyr newydd ym mhobman. Mae etifeddiaeth y Duke wedi'i throsglwyddo i'r genhedlaeth nesaf. Nawr mae'n dibynnu arnoch chi i ddod o hyd i'r freuddwyd! Bydd mwy o wybodaeth yma'n fuan.*
>
> *O.N. Fy hoff grŵp yw'r Beatles, a bydda i'n mynd i'r gystadleuaeth syrffio nesaf yng Nghernyw. Oes pysgota da yno?*

Fel un o gyn-noddwyr ac un o gefnogwr amlycaf Plaid Genedlaethol Lloegr yn Gyntaf, gwyddai Syr Marcus fod y gwasanaethau cudd yn cadw llygad barcud arno. Gwyddai hefyd pa mor soffistigedig oedd teclynnau clustfeinio'r gwasanaethau cudd a'u technegau ar gyfer sganio'r we ac ebyst. Ond eto llwyddai i gadw mewn cysylltiad agos gyda'r grwpiau tramor oedd yn rhannu ei weledigaeth am y dyfodol. Gweledigaeth eithafol.

Roedd eu dull o gysylltu'n syml ond hynod effeithiol a diogel. Byddai'n mynd i westy neu fwyty am gyfarfod diniwed gyda nifer o bobl eraill. Ond byddai'n cario'i gyfrifiadur personol gydag ef ac yn defnyddio cysylltiad di-wifr yr adeilad i'w gysylltu â'r we. Defnyddient ystafelloedd siarad, *chat-rooms* ar y we, ar bynciau amrywiol gan gynnwys pysgota a syrffio a gadael negeseuon diniwed yr olwg am bynciau'r dydd. Ond roedd y rhain mewn cod bob amser.

I unrhyw un a ddarllenai dudalennau ar y we am syrffio, buasai cyfeirio at y *Duke* yn naturiol; wedi'r cyfan, dyna oedd yr enw ar y gŵr o Hawaii a ddyfeisiodd syrffio. Ond yn y cod cyfrin, ffugenw am Hitler oedd y *Duke* yma a'r cyfeiriad at y Beatles yn dweud mai llun a dynnwyd yn Lerpwl ydoedd. Roedd y genhedlaeth nesaf yn nodi fod plentyn wedi'i eni a bod angen mynd i chwilio amdano yn ninas y Beatles. Roedd sôn am y gystadleuaeth yng Nghernyw yn dweud pa ddyddiad yr oedd am gysylltu nesaf gyda mwy o wybodaeth, a'r cyfeiriad pysgota yn hysbysu pa safle we y byddai'n ei defnyddio.

Roedd Syr Marcus wedi bod yn disgwyl am y neges hon am dros dair blynedd, byth ers iddo ddarllen copi o ddyddiadur Bridget Dowling. Cysylltodd â chyfeillion yn America gan fod y trywydd wedi arwain yno, a nawr dyma dderbyn cadarnhad. Roedd hyd yn oed ffotograff yn bodoli, a sôn bod amheuon am blentyn. Ysgydwodd y newydd yma ef gan gynnig pob math o bosibiliadau. Roedd hyn yn fwy nag y gallai fod wedi gobeithio amdano.

Bu'r wythnosau diwethaf yn rhai prysur iawn. Syr Marcus oedd wedi bod yn gyfrifol am y bom yn Llundain, a dau fwriad oedd ganddo. Yn gyntaf, cynhyrfu'r dyfroedd a rhoi'r bai ar y Moslemiaid. Yn ail, ac yn bwysicach, oedd taflu llwch i lygaid y gwasanaeth cudd i wneud iddynt gredu eu bod nhw dan fygythiad. Byddai hynny'n golygu bod llai o adnoddau'n cael eu rhoi i dargedu grwpiau fel ei un ef, gan droi'r sylw i gyd ar unrhyw fygythiad Moslemaidd. A byddai'r pwysau hwnnw yn ei dro yn codi gwrychyn y gymuned Foslemaidd, gan greu rhagor o eithafwyr. Cynllun syml ond effeithiol. Ystyriodd yn ofalus beth oedd oblygiadau'r neges ddiweddaraf hon, a gwyddai bod yn rhaid gweithredu ar unwaith.

Os oedd yna blentyn, roedd yn debygol iawn bod teulu ac o bosib rhywun yn fyw heddiw. Y peth gwaethaf allai ddigwydd oedd creu stori chwedlonol am fodolaeth y person yma – etifedd trwy waed i Hitler – a'i defnyddio i greu llu o straeon yn y cyfryngau.

Ond os byddai modd dod o hyd iddo, gallai ef ei reoli a'i ddefnyddio. Buasai'n ganolbwynt naturiol i'r amrywiol fudiadau Ffasgaidd, gan fod y rhan fwyaf ohonynt yn delio mewn ffantasi a chwedlau beth bynnag. Nid felly Syr Marcus. Grym oedd ei unig dduw ef. A gwyddai mai pwy bynnag oedd yn rheoli'r etifedd yma fyddai yn y sefyllfa orau i fanteisio ar hynny. Bu'n ofalus hyd yma i beidio â chodi'i ben yn rhy uchel a denu gormod o sylw. Gwell oedd ganddo reoli o'r cefn, ond hwn oedd y cyfle y bu'n disgwyl amdano gyhyd.

Edrychodd yn frysiog ar y cloc ar ochr dde y sgrin gyfrifiadur. Bu yno ers deng munud bellach, a gwell fuasai mynd 'nôl i'r cynhadledd rhag ofn i rywun sylwi ei fod ar goll a dechrau holi cwestiynau. Ond risgiodd ddau funud i ddarllen y neges arall gafodd ei gadael.

Pan ddarllenodd yr wybodaeth ar y safle bysgota, penderfynodd y byddai'n rhaid mynd ati i chwilio ar unwaith. Gadawodd yr ystafell ar ôl golchi'i ddwylo'n frysiog ac aeth at y ddesg gyda'i fag ar ei ysgwydd gan afael yn ei ffôn symudol. O flaen y staff yn y gwesty, edrychodd ar y ffôn mewn penbleth gan ei ysgwyd a grwgnach yn uchel am fatri fflat – er bod batri sbâr ganddo yn ei fag, a hwnnw hefyd yn llawn.

Aeth at un o'r ffônau cyhoeddus wrth droed y grisiau gan roi arian ynddo a deialu rhif fflat fechan yn Lerpwl. Nid oedd neb yn byw yno, ond roedd y mudiad yn ei ddefnyddio i adael negeseuon i'w gilydd.

Gadawodd neges frysiog ar y peiriant yn dweud eu bod wedi dod o hyd i'r wybodaeth a bod yn rhaid nawr ddechrau chwilio trwy archifau dinas Lerpwl. Oherwydd ei lawenydd a'i gyffro, gwnaeth gamgymeriad annodweddiadol a gadael yr holl wybodaeth gyda'i gilydd, ynghyd â'r amserlen. Fel arfer, pwt yn unig o bob neges a gâi ei gadael. Ond gwyddai nad oedd llawer o amser ganddo ac y byddai'n rhaid iddo ruthro 'nôl i'r cyfarfod.

Yn anffodus iddo ef, nid oedd y person oedd yn gyfrifol am ben arall y llinell mor ofalus a chydwybodol ac roedd wedi anghofio glanhau'r negeseuon oddi ar y ffôn. Gŵr wedi ymddeol oedd y person hwnnw; roedd wedi diogi ac yfed gormod gan agor ei geg yn rhy aml a mynd i ymladd. Denodd sylw'r heddlu.

Bellach, roedd recordydd bychan yn y derbynnydd yn y fflat a'r wifren yn arwain at focs diniwed yr olwg ar y stryd. Bocs swyddogol BT oedd hwn, ond bod gan swyddog clustfeinio o'r gwasanaeth cudd allwedd iddo. Byddai'n gwagio'r bocs ar ddiwedd bob wythnos, ac yn llunio adroddiad gâi ei hanfon i Lundain ar unwaith. Roedd y casglu nesaf i fod i ddigwydd o fewn dwy awr. Bryd hynny y cychwynnodd yr helfa o ddifrif.

Hunllef

Er na fuasai'n cyfaddef hynny wrth neb, roedd y Cyrnol yn teimlo'n hen. Roedd hen anaf bwled yn ei ben-glin dde yn brifo eto, ac roedd yn fwy stiff yn y boreau. Llosgai ei lygaid oherwydd diffyg cwsg. Nid oedd gorfod darllen y pentwr o adroddiadau o'i flaen yn fawr o help chwaith.

Er gwaethaf ei brofiadau o ryfela am dros ddeugain mlynedd, roedd cynnwys yr adroddiadau diweddaraf yn codi ias arno; prin ei fod yn llwyddo i gysgu mwy na phedair awr y noson bellach. Trodd i edrych am eiliad drwy'r ffenestr uchel ar afon Tafwys a lifai'n hamddenol oddi tano tra oedd prysurdeb strydoedd Llundain yn byrlymu ar y lan gyferbyn. Roedd wedi colli amynedd yn llwyr gyda'r gwas sifil ifanc oedd yn boddi ei swyddfa gyda'i arogl *aftershave* drud.

Cododd y Cyrnol gan bwyntio at fap o Ewrop oedd ar y wal gyda nifer o binnau coch ynddo. Yn eistedd o flaen ei ddesg roedd yr aelod o'r gwasanaeth sifil oedd yn casglu deunydd ar gyfer yr adroddiad wythnosol a gyflwynid i'r Prif Weinidog.

'Dwi ddim yn gor-ddweud wrth bwysleisio ein bod yn wynebu argyfwng. Mae'n rhaid i ni gael rhagor o adnoddau a mwy o staff.' Symudodd y swyddog ifanc yn aflonydd yn ei sedd, fel petai'n eistedd ar garreg boeth, cyn mentro siarad.

'Tydi hi ddim yn amser da i ofyn am fwy o arian,

er gwaetha'r digwyddiadau diweddar. Mae swyddfa'r Prif Weinidog yn credu fod mwy na digon o adnoddau gan eich hadran chi yn barod. Os oes gormod o waith ar eich plât yna dylsech gydweithio'n agosach gyda'r asiantaeth troseddau difrifol.'

Trodd y Cyrnol yn sydyn gan ddal ei law o'i flaen fel petai am reoli trafnidiaeth ar stryd brysur.

'Beth am i fi dy dywys yn sydyn o amgylch Ewrop heddiw,' gorchmynnodd gan gyfeirio at y map. 'Ble wnawn ni gychwyn? Beth am Nagorno Karabakh, un o aelodau'r Undeb Sofietaidd gynt. Hen filwr Cossack ydi'r Cadfridog sy'n arwain lluoedd y fyddin yn yr ardal hon heddiw. Dros hanner can mil ohonynt, wedi meddwi hanner yr amser ac yn rhoi bywyd caled i'r mewnfudwyr ac unrhyw un â chroen tywyll. Ei eilun ydi Adolf Hitler. Dwi wedi gweld lluniau o'i bencadlys ac mae llun o Hitler ganddo ar wal ei swyddfa. Mae ei filwyr wedi gorfod tyngu llw o ffyddlondeb iddo ac mae'n debyg ei fod wedi llunio polisi swyddogol fod yn rhaid i'w swyddogion fod wedi darllen *Mein Kampf*. Ar ei ddesg mae copi o'r llyfr wedi'i lofnodi gan yr unben, hyd yn oed.'

Pwyntiodd at bìn coch arall.

'Dinas St Petersburg, lle mae naw myfyriwr o Affrica wedi eu lladd yn ddiweddar gefn dydd golau. Defnyddiwyd eu gwaed mewn un ymosodiad i baentio slogan y *swastika* ar wal gyfagos.'

Symudodd ei fys fymryn gan ddal ati i adrodd mewn llais caled. 'Yn ardal Voronezh, dri chan milltir o Moscow, curwyd masnachwr o Vietnam i farwolaeth yng ngolau dydd. Criw o blant ysgol wnaeth ei ladd gyda batiau pren, lathenni o ddrws ei gartref. Lladdwyd pedwar Sipsi Roma hefyd, a hynny ar ôl i daflenni a phosteri gael eu gwasgaru ar hyd yr ardal yn galw am ymosodiadau ar dramorwyr.'

Sylwodd fod ei ymwelydd yn edrych ar ei oriawr yn slei.

'Efallai bod hyn yn dy ddiflasu, ond rho funud imi. Y ffaith fwyaf dychrynllyd am y digwyddiadau hyn ydi nad oes neb wedi eu harestio, ac yn ôl ein ffynonellau ni dim ond ymholiadau arwynebol iawn mae'r heddlu'n ei wneud.'

Pwyntiodd at yr Almaen ac yna at Ffrainc. 'Yn Dresden roedd rali o dros bum mil o gefnogwyr Natsïaidd yr wythnos ddiwethaf, ac ym Mharis llosgwyd lloches arall i fewnfudwyr gan ladd o leiaf un ar hugain – yr ail loches i losgi'n ulw mewn llai na mis.'

Defnyddiodd ei law i sgubo dros Brydain, oedd hefyd wedi'i ddotio gan y pinnau coch.

'Efallai nad ydi swyddfa'r Prif Weinidog wedi sylweddoli hynny, ond tydi'r sefyllfa fawr gwell yma chwaith. Achosion o ymosodiadau ar bobl o'r cymunedau Arabaidd ac Indiaidd ar gynnydd yn Llundain, Birmingham a Chaerdydd. Llwyddodd plaid eithafol y BNP i ennill ugain o seddi ar gynghorau yn ardaloedd Lerpwl a Leeds. Dim ond rhai enghreifftiau ydi'r rhain. Fel y gwelwch o'r map, mae'r digwyddiadau hyn yn cael eu cofnodi ymhob gwlad yn Ewrop. Does dim amheuaeth bellach, mae Ffasgaeth ar gynnydd ac yn lledaenu fel tân gwyllt trwy Ewrop.'

Trodd oddi wrth y map yn araf i eistedd yn ei gadair ac ystwytho'i ben-glin.

'Ydi, mae'r sefyllfa'n hynod beryglus, yntydi?' meddai'r swyddog gan ddal i wingo yn ei sedd cyn i'r Cyrnol dorri ar ei draws yn swta.

'Mae'n hollol amlwg ers tro byd bellach mai'r unig beth sydd o'n plaid ar hyn o bryd ydi'r ffaith fod pob mudiad yn ymladd neu'n ymdrechu ar eu liwt eu hunain. Does neb wedi ymddangos eto gyda'r gallu i'w huno. Mae gormod o unbenaethiaid bychan hunanbwysig i'w cael, a phob un yn ceisio cyrraedd y brig. Ond os llwyddan nhw i uno, yna Duw â'n gwaredo. Mi fasen nhw'n broblem na fyddai modd i ni ei hatal. Cam bychan wedyn fyse iddyn nhw gipio'r awenau mewn nifer o wledydd. Ac wrth gwrs, tydi ymgyrch fomio'r eithafwyr Moslemaidd yma ddim yn helpu.' Caeodd glawr yr adroddiad, oedd ar ben y pentwr ar ei ddesg, a gwelodd y swyddog ei gyfle i ddianc.

'Dyna ddigon o fanylion am heddiw, diolch; af â'r adroddiad yma i swyddfa'r Prif Weinidog,' meddai gan godi o'i sedd fel cwningen yn ffoi am ei thwll rhag cŵn yr helwyr. Ond feiddiodd o ddim troi am y drws nes i'r Cyrnol nodio'i ben.

Cyn i'r drws gau ar ei ôl, gwthiodd hen ŵr pen moel i mewn i'r swyddfa gyda golwg bryderus ar ei wyneb. Roedd ganddo bentwr o ddogfennau dan ei fraich a sbectol drwchus yn bygwth disgyn oddi ar ei drwyn main unrhyw eiliad. Gosododd ei ddogfennau ar y ddesg a chynnig ei law i'r Cyrnol. Cyflwynodd ei hun gyda llais rhyfeddol o ddwfn i ddyn o'i faint.

'Ted Harris. 'Dan ni heb gwrdd . . .'

Anwybyddodd y Cyrnol y cynnig i ysgwyd ei law. 'Dwi'n gwybod hynny, Mr Harris. Be dach chi'n ei

44

wneud yma? I ba adran dach chi'n gweithio?' gofynnodd y Cyrnol yn ddiamynedd. 'Mi ga i air gyda'ch pennaeth am fentro . . .'

Tro y dyn bychan pen moel oedd hi i dorri ar draws yn awr. 'Gweithio i'ch rhagflaenydd ydw . . . oeddwn i,' cywirodd ei hun, 'ar fater hynod gyfrinachol. Mae gwir angen i chi wrando ar yr hyn sydd gen i i'w ddweud.' Wrth iddo siarad, tynnodd ei sbectol a'i glanhau gyda'i dei. 'Dwi heb ddweud gair am hyn wrth neb, ac fe welwch yn fuan pam.'

Er ei dymer a'i flinder, taniwyd diddordeb y Cyrnol. Ar beth oedd ei ragflaenydd wedi bod yn gweithio, felly, pan fu farw? Anadlodd yn ddwfn a cheisio ymlacio. Roedd diffyg cwsg yn ei wneud yn fyr ei dymer.

'Eisteddwch, Mr Harris. Maddeuwch imi, ond rydach chi'n deall y pwysau sydd arnom ni i gyd ar hyn o bryd. Beth oedd y gwaith cyfrinachol yma?'

Eisteddodd yr hen ŵr gan bwyso ymlaen a phlethu'i ddwylo.

'Ydych chi'n gyfarwydd â'r hanes am ymweliad Adolf Hitler â Phrydain yn ystod gaeaf 1911, 1912 a 1913?'

Cododd y Cyrnol ei ysgwyddau cyn ysgwyd ei ben. 'Tydi straeon fel'na yn ddim byd ond chwedl, fel y Greal Sanctaidd, wedi'i chreu gan rywun i werthu llyfr rhywbryd.'

Pwysodd Ted Harris ymlaen yn ei sedd. 'Felly mae'n rhaid nad ydech chi'n gwbl gyfarwydd â chynnwys archif y gwasanaethau cudd am y cyfnod yna. Mae'n ddrwg gen i ddweud, ond mae'r ymweliad yn ffaith. Am resymau amlwg penderfynwyd cadw hyn yn gyfrinachol er ein bod wedi gwybod hynny ers y tri degau. Mi alla i sôn am yr hanes wrthych rywdro eto, neu mae'r adroddiad llawn yn yr archif.

'Ta waeth, yn ddiweddar fe wnaethom ni yn yr adran glustfeinio ddod yn ymwybodol o'r ffaith fod nifer fawr o negeseuon a siarad am hyn rhwng grŵp o Ffasgwyr yn America ac yma ym Mhrydain.' Cyfeiriodd y Cyrnol yn sydyn â'i law at y pentwr o adroddiadau oedd yn ei amgylchynu.

Sylwodd Ted Harris a dechreuodd siarad fymryn yn gynt. 'Mi wna i ddod yn syth at y pwynt, felly. Maent wedi cael hyd i ddogfennau a lluniau – yn y llyfrgell gyhoeddus yn Efrog Newydd, mae'n debyg – sy'n profi fod Adolf Hitler wedi ymweld â Lerpwl, a byw yno am rai misoedd. Ond y ffaith newydd oedd ei fod yn dad i blentyn a aned yno, bachgen o'r enw Rudi.'

Bellach, roedd sylw'r Cyrnol wedi'i hoelio arno ac roedd ei geg yn agored mewn syndod.

'Rydan ni'n gwybod fod y gwahanol grwpiau'n chwilio ar hyn o bryd am hanes y bachgen yma. Ddoe fe wnaethom ni lwyddo i roi'r darnau at ei gilydd. Fe gafodd Rudi fab hefyd, yn ystod yr Ail Ryfel Byd fel mae'n digwydd, a'i enwi'n Louis. Bu farw'r tad yn fuan wedyn – yn eironig ddigon mewn cyrch bomio gan y *Luftwaffe* yn Lerpwl. Rydan ni'n eithaf sicr nad oedd yr un o'r ddau yn gwybod pwy oedd eu tad na'u taid.'

'Ond sut ar y ddaear rydach chi mor siŵr o'ch ffeithiau? A pham nad oes neb erioed wedi darganfod hyn o'r blaen?' holodd yr hen ŵr mewn llais tawel.

'Does neb erioed wedi chwilio na gofyn y cwestiwn o'r blaen. Pan aeth y Rwsiaid i'r byncer ym Merlin ar ddiwedd yr Ail Ryfel Byd, fe gymeron nhw sampl DNA o benglog Hitler, ac mae hwnnw yn archif y KGB yn Moscow erbyn hyn. Fe wnaethon ni ofyn am gael cymharu hwnnw gydag olion DNA – gwallt ac ati – pawb sydd ar ein cofrestr cenedlaethol. Ddoe fe gafwyd *match* perffaith. Roedd yr un DNA gan ddyn gafodd ei alw ar y pryd gan y wasg yn Casglwr, wedi'i adael yn ei gartref yn Nyffryn Conwy yng ngogledd Cymru dair blynedd yn ôl. Mi gefais gadarnhad o'r canlyniadau y bore 'ma. Maen nhw'n cyfateb yn berffaith. Does dim amheuaeth bellach – y dyn yma, Louis Cypher, ydi ŵyr Adolf Hitler.'

Ffrindiau

Crafodd y gadair fetel y llawr concrid moel wrth i Ifan Llewelyn wneud lle iddo'i hun i eistedd yn y carchar. Roedd mewn neuadd fawr agored, debyg iawn i'r gampfa yn yr ysgol, wedi'i hamgylchynu gan ddesgiau a chadeiriau mewn rhesi. Câi ei atgoffa o ddiwrnod arholiad. Corddai ei stumog fel petai ar fin wynebu arholiad ac yntau heb baratoi dim ar ei gyfer.

Er nad oedd Ifan yn credu bod ei gyfaill yn euog o lofruddio Anna, roedd yn cyfaddef yn ddistaw bach wrth ei wraig fod y dystiolaeth yn erbyn Dafydd yn gryf. Gwnaeth cryfder y dystiolaeth, a bywyd personol blêr ei ffrind gorau, iddo yntau hyd yn oed ei amau ambell waith wrth bendroni am yr achos ganol nos. Os na ddeuai tystiolaeth newydd i'r golwg, yna byddai'n rhaid i Dafydd wynebu'r ffaith mai cyfnod maith yn y carchar oedd ei dynged, dieuog neu beidio. Bu'n rhaid iddo hefyd fod yn ofalus beth a ddywedai'n gyhoeddus, ac yn breifat, wrth Dafydd oherwydd ei swydd uchel fel ditectif.

Roedd wedi addo iddo'i hun y byddai'n ceisio perswadio Dafydd i dderbyn ei sefyllfa. Nid fyddai yr un cais arall am apêl yn cael ei ganiatáu, a'r Llys Cyfiawnder Ewropeaidd oedd yr unig lwybr arall oedd yn agored iddo. Buasai'n llawer gwell petai'n cyfaddef ei euogrwydd; byddai hynny o leiaf yn rhoi cyfle iddo gael ei ystyried ar gyfer ei ryddhau o fewn rhai blynyddoedd.

Eisteddai Ifan yn y neuadd lydan gyda'r to uchel lle derbyniai carcharorion eu hymwelwyr. Roedd yn gwisgo'i ddillad ei hun a chôt gyffredin. Ond gwelai rai o'r carcharorion eraill yn edrych yn gam arno. Hyd yn oed heb lifrai, gwyddai ei fod yn edrych fel plismon ac nid oedd yn hoffi eistedd yma. Roedd wedi gwneud cais i gael sedd ger bwrdd yn y gornel fel na allai neb ymosod arno o'r tu ôl.

Pan edrychodd tua'r drws a gweld wyneb Dafydd, gwyddai fod problem ganddo. Gwenai hwnnw'n rhy lydan o lawer am rywun oedd yn y carchar. Yn ei brofiad ef, roedd Dafydd yn berson oedd yn tueddu i osod ei obeithion o wyau i gyd mewn un basged, a dioddef wedyn pan fyddent yn cael eu chwalu. Cyfrannodd hynny at fethiant ei yrfa fel pêl-droediwr ac yna fel newyddiadurwr, er gwaethaf ei dalent amlwg yn y ddau faes.

Brasgamodd Dafydd at Ifan gan eistedd yn gyflym heb roi cyfle i Ifan godi. Roedd ei goesau wedi'u dal dan y bwrdd pren simsan beth bynnag.

'Diolch iti am ddod yma eto, Ifan; dwi'n gwybod nad ydi'n hawdd iti efo dy waith ac ati. Sut mae'r plant?'

Roedd Dafydd yn dal i wenu a sylwodd Ifan fod ei law yn croesi'i frest gan gyffwrdd â phoced ei grys denim tywyll fel petai ar fin canu'r anthem.

'Mae pawb yn iawn, diolch iti am ofyn, ac yn cofio atat. Ti'n edrych yn eitha hapus . . .' oedodd yn boenus, '. . . ond ddim cweit beth roeddwn yn ei ddisgwyl, a deud y gwir. Ydi popeth yn iawn yma?' gofynnodd yn ofalus o gofio am dymer Dafydd a pha mor ddiobaith y teimlai ynghylch ei sefyllfa ambell waith.

'Gystal ag y gall pethau fod dan yr amgylchiadau, ond mae yna ddatblygiad. Mi ges i hwn yn y post,' meddai Dafydd gan edrych dros ei ysgwydd yn sydyn cyn tynnu'r cerdyn post o'i boced a'i ollwng ar y bwrdd. Roedd wedi lapio'r cerdyn mewn bag clir, tenau fel bag dal brechdan. Cododd Ifan ef a'i astudio'n fanwl cyn ei ddarllen.

'Dwi wedi'i gadw'n ddiogel yn y bag rhag ofn fod arno olion fforensig y gall dy swyddogion di ddod o hyd iddynt. Roeddwn i'n meddwl y buasai'n fwy diogel ei roi o yn dy ofal di.' Pwysai Dafydd ymlaen yn eiddgar wrth siarad, gan atgoffa Ifan o blentyn bychan ar fore Nadolig. 'Y geiriau ar y cefn sy'n datgelu'r cyfan,' meddai, wrth weld golwg syn ar wyneb Ifan. Eglurodd ymhellach wrth i Ifan ddarllen ac ailddarllen yr ychydig eiriau.

'Dyna'r union eiriau ddefnyddiodd y Casglwr wrth siarad efo fi y diwrnod hwnnw pan gipiodd fi cyn iddo orfod ffoi. *Yr union eiriau!*' Sylweddolodd Dafydd iddo godi'i lais yn beryglus o uchel, wrth i un o'r ceidwaid bwyntio tuag ato. Tawelodd. 'A does neb arall allai wybod hynny,' sibrydodd. 'Dim ond wrthyt ti a 'nghyfreithiwr dwi wedi sôn. Ac am ryw reswm mi benderfynodd hwnnw beidio â chyfeirio at y geiriau yn y llys. Felly pwy arall fuasai wedi gwybod hynny – heblaw'r Casglwr?' Pwysodd yn ôl yn fuddugoliaethus yn ei gadair.

'Yr union eiriau, ti'n dweud? Hmm. Os ydi hynny'n wir, sut fedri di brofi hynny? Ymateb cyntaf unrhyw farnwr neu erlynydd fuasai honni dy fod ti'n fodlon dweud unrhyw beth i gael dy ryddhau. Mae'n wir ddrwg gen i, Dafydd, ond mae arnat ti angen llawer mwy na hyn cyn bod gen ti obaith o gael dod o'r lle 'ma. A dyna pam dwi yma heddiw . . .'

Torrodd Dafydd ar ei draws a chodi'i lais eto heb sylwi, gan dynnu sylw'r ceidwaid gerllaw am yr eildro. Cododd Ifan ei law arnynt gan wenu wrth amneidio ar Dafydd i ostwng ei lais yr un pryd. Roedd wedi hen arfer gorfod gwneud hynny ar ei ymweliadau.

'Ond rwyt *ti'n* fy nghredu, yn dwyt? Y Casglwr yna sy y tu ôl i hyn i gyd, a taswn i heb fod mor ddall a byrbwyll wrth fynd ar ôl y stori, faswn i ddim yn y twll yma rŵan chwaith.'

Dewisodd Ifan ei eiriau'n ofalus. 'Nid y fi sy raid iti ei argyhoeddi, Dafydd. Mae'n edrych yn anobeithiol arnat ti yn y llysoedd, ti'n gwybod hynny'n well na neb. Ti wedi bod dan glo am dair blynedd yn barod.' Oedodd Ifan cyn plymio ymlaen gyda'i neges, er mor boenus fyddai honno. 'Taset ti'n ailystyried dy sefyllfa yn ofalus, yn cyfaddef dy euogrwydd, hynny yw, a dweud dy fod ti'n edifar, mi fuasai hynny'n newid popeth. Anghofia'r gorffennol, meddylia am y presennol a'r dyfodol. Gallet ti ddal i fwynhau bywyd rhydd. Gyda dy record lân cyn hyn, a'r ymddygiad da ers iti fod dan glo, gallet ti gael dy ryddhau ar drwydded o fewn ychydig flynyddoedd. Dyna'r unig ddewis synhwyrol sydd yna iti bellach, mae arna i ofn. Fel arall mi fyddi dan glo am flynyddoedd mawr – pymtheg arall o leiaf.'

Plethodd Dafydd ei freichiau ac ofnai Ifan ei fod am grio yn y fan a'r lle, neu ddechrau gweiddi. Ond roedd blynyddoedd yn y carchar wedi'i galedu a'i ddysgu i guddio'i wir deimladau. Aeth ei wyneb yn wyn a sibrydodd fel bod Ifan nawr yn gorfod pwyso ymlaen i glywed bob gair.

'Dwi *ddim* yn euog a dwi byth am gyfaddef hynny.

Buasai'n well gen i bydru yma am byth na chyfaddef i mi lofruddio rhywun pan na wnes i ddim. Ond mae'r cerdyn yma'n brawf fod y dyn euog yn dal yn fyw ac yn rhydd yn rhywle – a ddim yn rhy bell chwaith. Yr unig ffordd y galla i brofi mod i'n ddieuog ydi trwy ddal hwnnw. A dyna dwi am wneud, gyda dy help di neu hebddo. Cadwa hwnna, bydd yn rhywbeth iti feddwl amdano,' meddai Dafydd, gan amneidio â'i ên tuag at y cerdyn ar y bwrdd.

Ceisiodd Ifan unwaith eto. 'Yli Dafydd, dwi'n dy gredu di, ond rhaid iti feddwl am dy ddyfodol – a pha fath o ddyfodol sydd i rywun yn pydru mewn cell am flynyddoedd?'

Eisteddodd y ddau'n dawel am eiliadau hir heb wneud dim ond syllu ar ei gilydd. Sylwodd Ifan fod wyneb Dafydd wedi teneuo a chaledu rhywsut. Roedd ei lygaid fel petaent yn syllu trwyddo ac yn culhau hefyd.

'Dwi'n cytuno efo chdi gant y cant,' meddai Dafydd o'r diwedd gan godi ar ei draed, 'a dwi am wneud yn siŵr na fydd hynny'n digwydd. Diolch iti am ddod, mi glywi di gen i yn fuan,' a gyda hynny trodd a cerddded yn gyflym trwy'r neuadd am y drws.

Arhosodd Ifan yn ei sedd am sbel yn edrych ar gefn ei ffrind ac yna ar y cerdyn post ar y bwrdd. Penderfynodd y byddai'n ei anfon am archwiliad fforensig manwl rhag ofn.

*   *   *

Lai nag ugain milltir o'r carchar roedd tri dyn yn trafod Dafydd Smith. Cyn-filwr *Commando* oedd yr arweinydd, a'r ddau arall yn lladron profiadol ac yn lladdwyr contract. Roedd y ddau yma wedi gweithio gyda'r milwr,

John McKay, yn y gorffennol a newydd dderbyn cytundeb arall ganddo.

'Does gynnon ni fawr o amser gan ein bod yn siŵr bod y gwasanaethau cudd hefyd yn chwilio am y person yma,' meddai John McKay, a fu'n *commando* am bymtheg mlynedd cyn cael ei ddiarddel o'r *Marines* am fod yn rhy llawdrwm ar wirfoddolwyr ifanc. Bellach roedd yn gwerthu cyffuriau, yn rhedeg cwmni dynion diogelwch ar gyfer clybiau ac yn un o hoelion wyth Plaid Genedlaethol Lloegr yn Gyntaf.

Safai wrth ddesg gyda nifer o ffeiliau arni tra eisteddai'r ddau leidr yr ochr arall i'r ddesg ar gadeiriau pren. Roedd hynny o wallt coch oedd gan McKay ar ei ben wedi'i eillio'n agos i'r croen a'i fochau'n wridog ar ôl blynyddoedd ar y môr – ac yfed trwm.

'Dyna pam dwi am i chi fynd ar ôl y person yma. Yn ôl ein cyfaill yn y gwasanaeth cudd, dyma'r dyn rydym eisiau dod o hyd iddo. Mae ganddo fo fwy nag un enw, ond fel arfer mae'n galw'i hun yn Milton Cody neu Louis Cypher.'

Dangosodd ffotograff ohono iddynt o'r ffeil oedd ar y ddesg – yr unig gelficyn yn y fflat, oedd yn wag heblaw am y ddesg a'r cadeiriau pren.

'Dwi am i chi gadw hyn i gyd o fewn cylch bychan iawn – pobl dach chi'n gweithio efo nhw, pobl dach chi'n ymddiried ynddyn nhw, a dim pellach. Dwi am fod yn gweithio ar hwn efo chi hefyd, ac er mod i'n amau fod y gwasanaethau cudd yn gwybod amdanaf i, dwi am eu perswadio fy mod wedi mynd ar wyliau'n swyddogol.'

Ers iddo ddarganfod yr offer clustfeinio yn y ffôn ar ôl derbyn y neges gan Syr Marcus, roedd McKay wedi bod ar bigau'r drain. Roedd yn poeni ei fod wedi gwneud camgymeriad ac yn benderfynol nawr o beidio gwneud un arall.

'Cofiwch. Mae'n hollbwysig nad ydan ni'n diystyru'r gwasanaeth cudd, er bod cyfaill i ni'n gweithio yno. Mae'r pennaeth diweddaraf, y Cyrnol yma, yn beryglus iawn, yn ôl fy mòs.'

Oedodd yn ei gerdded 'nôl a mlaen i syllu ar y ddau ddyn. Roedd y ddau yn ddynion llydan ac wedi gwisgo'n gyffredin mewn jîns, crysau pêl-droed ac esgidiau rhedeg claerwyn.

'Nawr. Sut i gael gafael ar y person yma – a gyda llaw, peidiwch â gofyn pam mae hwn mor bwysig. Credwch fi, mae ganddo rywbeth rydan ni'n awyddus iawn i'w gael.'

Roedd y ddau leidr, Carl Mitchell a David George, wedi hen arfer gyda gwaith fel hyn a byth yn gofyn cwestiynau. Dyna pam eu bod mor llwyddiannus – hynny a'r ffaith eu bod wedi addo iddyn nhw'u hunain pan gawsant eu carcharu'n bedair ar ddeg oed na fyddent byth yn mynd i'r carchar eto.

'Rydan ni'n credu fod ganddo ddiddordeb arbennig mewn carcharor ifanc o'r enw Dafydd Smith. Mae'n bosib y gellir ei ddefnyddio fo fel abwyd, felly efallai y bydd raid i ni feddwl am gynllun i'w ryddhau o'r carchar. Yn answyddogol wrth gwrs . . .' A gwenodd ar ei jôc fach ei hun. 'Dyma bum mil o bunnoedd yr un i chi fel blaendâl am y gwaith, a bydd pymtheg mil arall yr un eto os byddwn yn llwyddiannus – ar ben unrhyw gostau, wrth gwrs. Unrhyw gwestiynau?'

Ysgydwodd y ddau eu pennau gan syllu'n farus ar y ddwy amlen frown oedd yn cynnwys yr arian.

'Reit. Yn gyntaf dwi am i chi ddechrau gwneud ymholiadau i weld ydi'r Louis Cypher yma wedi dod i'r golwg yn rhywle, neu wedi dod i sylw ambell un o'ch cyfeillion yn ystod y blynyddoedd diwethaf. Mi wna i ddechrau edrych ar y carchar a gweld beth sy'n bosibl o'r ochr yna.'

Edrychodd ar restr o bwyntiau roedd wedi'u nodi ar bapur, cyn parhau gyda'i gyfarwyddiadau.

'Mi fyddwn angen help, ac mi wna i dalu am y costau yna hefyd, ond gwnewch yn siŵr eich bod yn dewis pobl ddibynadwy. Rhai profiadol, fydd yn cau eu cegau a ddim yn gofyn gormod o gwestiynau – a rhai fydd ddim ag ofn troi ambell fraich chwaith. Bydd raid i ni fod yn barod am unrhyw beth ar y joban yma.'

Eisoes roedd McKay wedi penderfynu ei fod yn barod i wneud unrhyw beth i sicrhau ei fod yn llwyddo, gan gynwys aberthu Dafydd Smith.

*   *   *

'Nôl yn y gell nid oedd Dafydd wedi dweud gair ers iddo ddychwelyd o'r cyfarfod poenus gydag Ifan. Bu'n meddwl am yr hyn roedd am ei wneud nesaf. Daethai i benderfyniad yn ystod y cyfarfod, ond roedd am fod yn sicr cyn dweud dim. Ni fyddai cyfle i droi'n ôl wedyn.

Os arhosai yno a dal ati i frwydro yn erbyn y system gyfreithiol, gallai dreulio'i oes yn y carchar heb ddod fymryn yn nes i'r lan. Roedd yn rhaid iddo gael gafael ar yr unig berson allai brofi ei fod yn ddieuog o ladd Anna. Rhywsut byddai'n rhaid dal y Casglwr. Ond allai o byth â gwneud hynny o'r gell yma. Bu'n ystyried yn ofalus am dros awr, gan gofio am stori roedd Terry wedi'i hadrodd wrtho un noson. Trodd at hwnnw, oedd yn gorwedd fel arfer ar ei wely'n darllen cylchgrawn – un ar ffotograffiaeth y tro hwn, er nad oedd dim diddordeb ganddo mewn camerâu na thynnu lluniau.

'Mi wnest ti sôn unwaith fod gen ti gynllun i ddianc o'r carchar yma. Sut yn union fuasai rhywun yn mynd ati i wneud hynny?' gofynnodd Dafydd.

Gwenodd y carcharor ar y gwely arall o'r tu ôl i ddiogelwch y cylchgrawn oedd yn cuddio'i wyneb. Feddyliodd o byth y byddai Dafydd yn penderfynu gweithredu fel hyn mor gyflym. Byddai hynny'n gwneud ei waith lawer yn rhwyddach.

Cynnig

Byddai'r ffordd gul a arweiniai at y ffermdy unig yn cael ei herydu gan y tywydd garw bob gaeaf nes bod y tarmac bellach yn llawn tyllau dwfn. Yng nghefn y car moethus, er gwaethaf dyfeisgarwch y peirianwyr Almaenig, roedd y Cyrnol yn cael ei daflu o gwmpas fel doli glwt.

Ond nid oedd amser ganddo i ofyn i'r gyrrwr arafu. Ni fuasai byth wedi mentro dod yma oni bai iddo fethu'n llwyr â chael ateb gan berchennog y ffermdy. Roedd yn rhaid iddo gael ateb. Er ei fod yn bennaeth unwaith eto ar wasanaeth cudd *MI6* Prydain, ni wyddai beth arall y gallai ei wneud. Nid oedd yn ymddiried yn neb. Roedd wedi recriwtio'i yrrwr yn bersonol o'r fyddin trwy gyswllt â hen ffrind, gan nad oedd neb arall yn y gwasanaeth cudd yr oedd yn ymddiried ynddynt bellach. Roedd marwolaeth sydyn Ted Harris yn brawf pellach o hynny.

Daethant at giât lydan a edrychai fel petai wedi'i chloi gyda chadwyn a chlo dur trwchus. Er bod y tywydd yn sych, roedd y cymylau trwm yn isel a niwl yn araf amgylchynu'r car a hwythau wedi bod yn dringo ers gadael y ffordd fawr islaw ddeg munud ynghynt.

Edrychodd y gyrrwr yn y drych ar y Cyrnol, ac ar ôl i hwnnw amneidio, agorodd y drws gan gerdded at y giât. Sylwodd y Cyrnol iddo agor botwm ei siaced yn gyntaf fel y gallai dynnu'r llawddryll oedd ar ei wregys pe bai angen. Credai ei fod wedi dewis yn ddoeth. Ni wyddai'r milwr pa mor beryglus oedd y swydd a dderbyniodd yn hytrach na mynd am gyfnod i Irac gyda gweddill ei gatrawd.

Safodd y gyrrwr yno am dipyn gan afael yn y clo ac edrych o'i amgylch yn ofalus. Ond ni sylwodd ar y dyn a ymddangosodd wrth ei ochr bron fel cysgod nes ei bod yn rhy hwyr. Nid oedd amser ganddo i afael yn ei lawddryll na chamu oddi wrtho.

Roedd y dyn yn gymharol fyr, ond llydan, yn gwisgo côt *Barbour* gyda'r goler wedi'i chodi am ei wddf, a chap stabl am ei ben. Gorffwysai gwn dau faril yn ei fraich a gwyddai'r Cyrnol, er na welai ei wyneb, iddo ddod o hyd i'r dyn roedd yn chwilio amdano. Yna sylweddolodd y buasai'n well iddo ymyrryd cyn i'r gyrrwr wneud camgymeriad. Agorodd y drws gan hanner codi o'i sedd i edrych dros y ffenestr dywyll.

'Dwi'n falch i mi dy weld. Ro'n i'n digwydd mynd heibio ac yn meddwl y byswn yn taro i mewn i ddweud helô,' gwaeddodd draw tuag at y giât.

Trodd y dyn gyda'r gwn dau faril tuag ato'n sydyn gan gymryd cam oddi wrth y gyrrwr ar yr un pryd. Gwelodd y Cyrnol y llygaid tywyll yn fflachio a gwyddai ei fod wedi dod o hyd i'r Lladdwr.

*　　　　*　　　　*

Eisteddai'r Cyrnol ar gadair bren wrth fwrdd llydan yn y gegin. Roedd tân oer o briciau a glo wedi'i baratoi yn y grât lydan wrth yr hen stof goginio. Stemiai mygaid o goffi ffres ar y bwrdd o'i flaen. Roedd wedi dweud wrth y gyrrwr am aros yn y car, oedd wedi'i barcio y tu allan i'r ffermdy ar ôl i Abel Morgan agor y giât. Buasai'n rhy beryglus gadael iddo wrando ar yr hyn roeddent am ei drafod.

'Rhaid bod busnes yn dda yma – dwi'n clywed dy fod ti'n brysur bob penwythnos er dy fod yn codi crocbris ar dy gwsmeriaid,' meddai'r Cyrnol, gan edrych ar Abel.

Safai yntau gyda'i gefn ar y wal yn wynebu'r Cynrol a'r drws. Pwysai'r dryll ar y wal wrth ei benelin.

'Dyw pethe ddim yn ddrwg o gwbl, ond beth am roi'r *chit chat* i'r naill ochor am funud a thrafod beth sydd wedi dod â chi yma, yr holl ffordd o Lundain i gefn gwlad Cymru. 'Dyn ni heb weld ein gilydd ers blynyddoedd a rhaid bod gwaith pwysicach ar eich plât chi y dyddiau hyn,' meddai mewn llais tawel.

Roedd Abel yn chwilfrydig pam fod y Cyrnol wedi mynd i'r drafferth i ddod yma. Roedd wedi gwrthod ateb ei alwadau na'i negeseuon gan nad oedd diddordeb ganddo mewn dychwelyd i weithio iddo, er na theimlodd fyth yr un cyffro ers iddo ymddeol yn swyddogol.

'Dwyt ti ddim yn berson hawdd dod o hyd iddo, Morgan,' meddai'r Cyrnol, 'ond dwi'n deall yn iawn pam iti ddewis gwneud hyn a symud yma. Sgen i ddim amser chwaith i'w wastraffu ar fân siarad. Rhaid dy fod wedi gweld y newyddion am y ffrwydradau yn Llundain a phrif ddinasoedd eraill Ewrop?' gofynnodd.

Atebodd Abel ar unwaith. 'Do, dwi'n dilyn y newyddion bob dydd. Eithafwyr Mwslemaidd, ontefe, ond celloedd unigol yn gweithio'n annibynnol heb unrhyw gysylltiad pellach gydag unrhyw un y tu allan i'w cylch nhw. Felly maen nhw bron â bod yn amhosibl eu trechu na'u darganfod, nes ei bod hi'n rhy hwyr. Siŵr ei bod hi'n hunllef ceisio rhwystro'r rhain. Ac mae'r gwleidyddion yn cymylu'r dyfroedd a chodi ofn er mwyn hybu eu polisïau nhw.'

Roedd y Cyrnol yn edrych yn ofalus ar Abel gan farnu ei fod yn dal yn ddyn ffit iawn. Nid oedd wedi magu pwysau ac roedd wedi ymddangos yn gyflym iawn o rywle heb iddo ef na'r milwr ifanc ei weld.

'Ti yn llygad dy le, oni bai am y ffrwydrad yna yn stryd Oxford, Llundain, pan gafodd car ei fomio. Wnaeth unrhyw beth dy daro di'n od ynghylch hwnnw?' gofynnodd, gan edrych yn ofalus ar ei gyn-swyddog, y milwr gorau a gwrddodd ag ef erioed.

'Roedd hwnnw *yn* od, syr, a phopeth yn ei gylch yn od. Baswn i'n barnu taw grŵp gwahanol iawn oedd yn gyfrifol am hwnnw. Yn gyntaf, doedd dim sôn o gwbl am hunan-fomiwr, ac yna dydyn nhw ddim wedi datgelu enwau'r ddau oedd yn y car – gan ddweud nad oes modd eu hadnabod. Ond o gofio am dechnegau a sgiliau fforensig modern, smo i'n credu hynny am eiliad. Mae'n amlwg i'r bom gael ei osod yn y car, a doedd pwy bynnag oedd yn gyfrifol ddim eisiau lladd llawer o bobol. Roedden nhw'n broffesiynol iawn, ddwedwn i, neu o leiaf wedi derbyn hyfforddiant.' Gwelodd y Cyrnol yn codi'i aeliau.

'Bom bychan ond nerthol a ddefnyddiwyd, felly nid un wedi'i wneud mewn bath gyda deunyddiau cyffredin. Buasai'n anodd iawn gosod bom o dan gar, ond haws o lawer fyddai ei osod dan fws cyhoeddus lle gellid lladd llawer mwy a chreu cymaint â hynny'n fwy o ofn ac, yn bwysiach iddyn nhw, benawdau newyddion.'

Tra oedd yn gwrando ar Abel, roedd y Cyrnol wedi

bod yn yfed y coffi'n araf ond yn gyson er ei fod yn boeth iawn.

'Dadansoddiad gwych. Ti yn llygad dy le. Dyna dwi'n ei gredu – ac yn ei wybod erbyn hyn hefyd. Ni ddatgelwyd enwau'r rhai oedd yn y car gan eu bod yn swyddogion yn y gwasanaeth cudd. Fy rhagflaenydd oedd un ohonyn nhw, a dweud y gwir, ac ond wedi bod yn ei swydd am ychydig flynyddoedd – Syr Colin Francis, a'i ddirprwy newydd, Richard Morris. A dwi'n credu fod pwy bynnag a'u llofruddiodd wedi gwneud hynny gan obeithio y byddai'r bai yn cael ei roi ar yr ymgyrch fomio Foslemaidd. Dwi'n credu iddyn nhw wneud hynny i gadw'r gwasanaeth cudd yn brysur fel nad oeddent . . .' cywirodd ei hun, '. . . fel nad ydym yn sylweddoli beth maen nhw'n ei wneud go iawn nes ei bod hi'n rhy hwyr. Fel arfer buasai'n cymryd amser i benodi cyfarwyddwr newydd, a dyna pam y gofynnwyd i fi ddychwelyd dros dro a hithau'n gyfnod mor dyngedfennol.

'Ond nawr dwi'n amau fod rhywrai o fewn y gwasanaeth wedi cynllwynio i ladd y pennaeth. Sut arall y buasen nhw wedi cael mynediad i'r maes parcio, ac wedi gwybod pryd y byddai'n teithio yn y car hwnnw? A gan imi fod i ffwrdd am sbel, mae llawer o'r swyddogion roeddwn i'n eu hadnabod neu wedi gweithio gyda nhw un ai wedi ymddeol neu wedi symud i swyddi eraill. Mae llawer gormod o swyddogion ifanc a dibrofiad yn y pencadlys y dyddiau hyn.'

Syllai'r Lladdwr ar y Cyrnol gan wrando'n astud.

'Rydyn ni dan bwysau anferthol ar hyn o bryd, gyda'r eithafwyr o'r ddwy ochr yn cynllwynio a gweithredu. Ond erbyn hyn dwi'n credu mod i'n gwybod pam y bu'n rhaid lladd y pennaeth. Roedd o wrthi'n ymchwilio i geisio rhwystro cynllun peryglus allai arwain at chwalu Ewrop. Dyna pa mor ddifrifol ydi hyn.

'Fe wnaeth un o fy swyddogion ladd ei hun y diwrnod o'r blaen – dyn o'r enw Ted Harris, dyn a chanddo deulu hapus, a dim problemau gydag arian, diod, gamblo na chyffuriau. Doedd o ddim yn dioddef o iselder ysbryd chwaith. Ond mi laddodd ei hun trwy yrru oddi ar glogwyn. Fo oedd yr unig berson arall o fewn y gwasanaeth oedd yn gwybod yr hyn dwi am ei ddweud wrthyt ti.

'Ac mae'n ddrwg gen i orfod gwneud hyn, Abel, ond ar ôl popeth 'dan ni wedi bod trwyddo, dwi'n gofyn iti am un ffafr. A bydd yn rhaid imi ofyn iti ddod yn ôl, yn answyddogol, i wneud job arall i mi. Does gen i ddim dewis – a dwi ddim yn meddwl fod gen ti chwaith, ar ôl iti glywed beth sydd gennyf i'w ddweud.'

*   *   *

Cafodd gyrrwr y Cyrnol fraw pan welodd y dyn bychan oedd yn honni bod yn ffermwr yn cerdded yn gyflym trwy'r drws. Os oedd hwnnw'n ffermwr, yna roedd yntau'n astronôt, meddyliodd. Er gwaetha'i hyfforddiant a'i brofiad yn y fyddin, roedd y dyn wedi codi ofn arno ac roedd yn falch o weld nad oedd y dryll dan ei fraich y tro hwn. Gwelodd y Cyrnol yn sefyll yn y drws. Roedd y ddau'n siarad â'i gilydd, ond gan fod y swyddog yn eistedd yn y car ni allai glywed gair o'u sgwrs.

Ar y buarth trodd Abel Morgan at y Cyrnol gan ysgwyd ei ben a bygwth gwenu. 'Ond mae hynna'n swnio'n hollol dwp; alla i ddim credu'r fath stori. A sut mae hyn yn effeithio arna i, 'ta beth? Rhaid fod digon o swyddogion ifancach ar gael i fynd i chwilio amdano fe? Hyd yn oed os ydy'r stori'n wir.'

Teimlai'r Cyrnol yn flinedig ond yn hapusach gan iddo rannu'r stori gyda pherson arall, rhywun roedd yn ymddiried ynddo.

'Mae swyddogion eraill, oes, ond neb dwi'n ymddiried ynddyn nhw fel ti. Fel y gwnes i sôn, rhaid bod rhywun o fewn y gwasanaeth wedi datgelu cynlluniau'r pennaeth a helpu i'w ladd. Yna marwolaeth Ted Harris hefyd. A gan ein bod yn gwybod eu bod hwythau'n chwilio, does dim amser gen i i'w wastraffu.

'Y cysylltiad arall ydi Dafydd Smith. Mae ganddo fo reswm gwell na neb i geisio dod o hyd i'r Casglwr yma. Rwyt ti'n ei adnabod ac mae yntau'n d'adnabod di. Efallai nad ydi o'n dy hoffi ond mae'n gwybod pwy wyt ti. Hefyd, mae gen ti sgiliau arbennig fydd yn ddefnyddiol ar gyfer y math yma o waith.'

Roedd Abel wedi troi i edrych ar yr olygfa o'i gartref, ond roedd ei feddwl ymhell i ffwrdd. 'Ro'n i'n ddigon hapus yma, ond ches i erioed lonydd rhag yr hunllefau. Ac fe wna i hyn, gan mai chi sy'n gofyn, syr, a neb arall. Faint o amser sydd gen i? Bydd raid i fi bacio ac rwy'n meddwl y bydd raid i fi ganslo grwpiau'r penwythosau nesaf. Alla i gwrdd â chi fory?'

Edrychodd y Cyrnol ar ei oriawr cyn ateb, 'Na, mae'n ddrwg gen i. Mae llai o amser nag wyt ti'n feddwl. Bydd raid i ti weld Dafydd Smith heno, neu bydd yn amhosibl cael gafael arno, a does gennym ni fawr ddim o amser i'w wastraffu. Rhaid i ni fod y rhai cyntaf i ddod o hyd i'r Casglwr.'

Crychodd Abel Morgan ei dalcen. 'Ond ro'n i'n meddwl fod Smith yn y carchar. Mi glywais fod ei apêl wedi methu'n ddiweddar.'

'Ti'n iawn, *mae* Smith yn y carchar, ond mae cynllun arall ar y gweill gen i. Mi wnes i rag-weld y byddai angen help o'r tu allan i'r gwasanaeth arna i ar gyfer y swydd hon, gan nad ydw i'n ymddiried yn neb. Y peth gorau, a'r peth hawsaf, fyddai pe bait ti'n dod efo fi rŵan.'

Gyda hynny cododd y Cyrnol ei law ar y gyrrwr a dechrau cerdded at y car.

'Beth fasech chi wedi'i wneud 'sen i wedi gwrthod nawr, syr? Wedi'r cyfan, rwy wedi ymddeol yn swyddogol ers blynyddoedd. A beth os nad ydw i'n gallu gwneud y gwaith erbyn hyn?'

Cerddodd y Cyrnol yn ei flaen, gan siarad dros ei ysgwydd. 'Fuaswn i heb ddod yma oni bai mod i'n hollol despret, a taset ti wedi gwrthod mi faswn i wedi gorfod gweddïo am y tro cynta yn fy mywyd. Anghofio dy waith? Dwi ddim yn meddwl, rhywsut. Chdi ydi'r lladdwr mwya naturiol imi weithio gydag o erioed.'

Dianc

Holltodd y golau cryf trwy'r tywyllwch gan ffrwydro hanner nos yn ganol dydd. Heb feddwl, trodd Dafydd ei lygaid tuag at y golau fel gwyfyn at gannwyll. Fe'i dallwyd. Am eiliadau hir ar ôl i'r golau symud ymlaen ar ei daith orffwyll roedd yn hanner dall; y cyfan a welai oedd patrymau seicedelig, fel petai rhywun wedi chwistrellu paent gwyn ar wal dywyll.

Sgubai'r golau 'nôl a mlaen fel papur arian yn y gwynt rhwng y wal goncrid uchel a'r weiren bigog tu hwnt. Atseiniodd corn cras eiliadau'n ddiweddarach. Parlyswyd Dafydd gan y sŵn a gwelodd y golau'n sgubo heibio mor agos nes y gallai fod wedi'i gyffwrdd. Bu bron â chael ei ddallu eto, ond caeodd ei lygaid y tro hwn. Rhaid eu bod wedi'i weld, meddyliodd – roedd hi mor llachar â golau dydd. Credai fod popeth ar ben a'i fod wedi'i ddal eto. Ond cofiodd rybudd a chyngor ei gyd-garcharor.

'Cofia, os yden nhw'n darganfod dy fod wedi dianc, eu camau cyntaf fydd ceisio codi ofn arnat ti –' O weld wyneb main a gwelw Dafydd o'i flaen, gwenodd Terry, '– o'r gorau, codi *mwy* o ofn arnat ti. Ceisio dy orfodi di i banicio fyddan nhw, er mwyn gwneud eu gwaith nhw'n hawdd. Mi fyddan nhw'n gwneud hynny trwy nifer o wahanol dactegau. Byddan nhw'n canu'r corn uchel droeon, a bydd cŵn yn cael eu rhyddhau o'u cytiau i redeg rhwng y wal goncrid a'r weiren bigog.

'Bydd y llifoleuadau'n sgubo 'nôl a mlaen yn gyflym. Ond paid â phoeni. Mi fyddan nhw'n siŵr o fod yn symud yn rhy gyflym i'r ceidwaid weld yn glir am dipyn. A chofia y byddan nhw hefyd yn panicio ac yn rhuthro, yn lle pwyllo a chymryd amser i ddechrau chwilio ac edrych yn agos a gofalus.

'Mae tipyn o dir ganddyn nhw i'w chwilio mewn amser prin, a nifer o lefydd y gallet ti fod yn cuddio ynddyn nhw. Ganddyn nhw mae'r gwaith anodd, nid chdi. Cofia, gallen nhw golli'u swyddi am hyn. Gan dy fod ti yn y carchar beth bynnag, does dim byd gen ti i'w golli. Paid anghofio hynny.

'Felly, hyd yn oed os ydi'r goleuadau'n agos – neu'n tywynnu arnat ti, hyd yn oed – paid cymryd yn ganiataol dy fod wedi dy weld na dy ddal nes y teimli di law ar dy war. Paid poeni chwaith os clywi di nhw'n gweiddi eu bod wedi dy weld. Mae hynny hefyd yn rhan o'u hyfforddiant. Dy ffrind gorau yn yr oriau nesaf fydd amynedd. Cymer bwyll a phaid â rhuthro. Dyna sut mae camgymeriadau'n digwydd. Dim ond un camgymeriad ac mi fyddi di 'nôl yma mewn chwinciad. Gad iddyn nhw wneud y camgymeriadau ac fe wnei di lwyddo i ddianc. Ond dwi'n dweud eto, rhaid bod yn amyneddgar.'

Gyda hynny tarodd ei law yn ysgafn ar ysgwydd Dafydd. Nid oedd dim byd pellach y gallai ei wneud yn awr.

Llusgwyd Dafydd yn ôl i'r presennol gan sŵn cyfarth, a gwyddai bod y cŵn yn agosáu'n rhyfeddol o gyflym. Yn ei ofn clywai sŵn eu pawennau'n carlamu'n galed. Yna roeddent mor agos fel y gallai weld eu poer yn disgleirio ar eu dannedd wrth iddynt gyfarth yn lloerig. Ond gan ei fod ddeg troedfedd uwch eu pennau, nid oedd gobaith ganddynt ei gyrraedd, ac roedd hynny'n eu cynddeiriogi'n waeth. Pan sylweddolodd Dafydd ei fod yn ddiogel rhagddynt am y tro, dechreuodd symud eto. Byddai'r ceidwaid yma yn fuan.

Roedd yn gafael mor dynn yn y rhaff nes bod ei freichiau'n crynu, a diolchodd iddo ei chlymu'n sownd wrth y belt lledr oedd am ei ganol – belt a gipiodd o'r gweithdy ddeuddydd ynghynt. Roedd y rhaff wedi'i chlymu i gopa'r wal gan ei dal yn ei lle yn ddiogel gyda darn o bren wedi'i wthio i ganol y cwlwm. Câi honno ei dal rhwng dau o'r barrau metel pigog oedd ar gopa'r wal. Clymodd ddarn o bren ym mhen arall y rhaff cyn ei thaflu at y weiren bigog nes iddi droi'n dynn amdani. Ffurfiodd hynny bont denau i'w alluogi i ddringo ar ei hyd i'r pen arall. Ond roedd hi wedi cymryd hanner awr o regi a chwysu a thaflu cyn iddo lwyddo i wneud hynny'n iawn. A dyna pam roedd yn dal ar dir y carchar pan sylweddolwyd ei fod wedi dianc.

Roedd yn rhyfeddol o hawdd dianc o'r gell ei hun gyda'r allwedd *skeleton* roedd ei gyd-garcharor Terry wedi'i chael iddo. Eglurodd hwnnw iddo gael gafael arni flynyddoedd ynghynt, ond nad oedd diben iddo ef ei defnyddio gan nad oedd neb ganddo ar y tu allan. Bu'n alcoholic a defnyddiwr cyffuriau trwm, meddai, ac roedd hi'n fwy diogel iddo aros yn y carchar. Ond gofynnodd i Dafydd ei glymu yn ei wely rhag ofn i'r ceidwaid ei amau o fod wedi'i helpu i ddianc.

Camodd Dafydd i'r coridor tu allan i'r gell am y tro cyntaf yn y tywyllwch. Ond gallai fod wedi cerdded ar ei hyd gyda'i lygaid ynghau. Yn wir, roedd wedi gwneud hynny droeon wrth baratoi i ddianc. Clodd y drws cyn cerdded yn araf yn nhraed ei sanau i'r pen pellaf a datgloi a chloi'r drws hwnnw ar ei ôl hefyd. Allwedd arbennig oedd hon, a doedd Dafydd ddim yn rhyw siŵr iawn sut y cafodd Terry afael arni. Ond dyma'i unig obaith i ddianc, felly nid oedd wedi holi'i gyd-garcharor yn fanwl iawn.

Cyn gadael y gell fe glymodd ei esgidiau'n ddiogel am ei wddf. Gan eu bod ar y llawr uchaf, roedd cawell metel ar ben y grisiau i rwystro unrhyw un rhag lladd ei hun trwy neidio drosodd. Ffurfiai'r cawell sgwariau bychain o fetel tenau, fel y ffens o amgylch cwt ieir ei gymdogion ar fferm Tyddyn Isaf pan oedd yn blentyn. Buasai'r metel wedi torri'i gnawd oni bai fod menig lledr amdano. Anrheg arall gan Terry.

Dringodd y cawell yn ofalus. Chwysai'n drwm gyda'r ymdrech o godi'i gorff ar flaenau ei fysedd, gan ddiolch yn dawel iddo ymarfer bob dydd yn ei gell ers y diwrnod iddo gael ei arestio. Pum cant o *press-ups* bob dydd yn ddi-ffael. Ambell waith, dyna'r unig beth a'i cadwai rhag colli'i bwyll. Tair blynedd gyfan o'r ymarfer caled bob bore. Addawodd iddo'i hun, pan fyddai allan o'r carchar, na fyddai byth yn gwneud yr un *press-up* eto.

Cyrhaeddodd dop y gawell oedd o dan ffenestr yn y to. Roedd honno mor fudr, prin y treiddiai'r golau drwyddi yn ystod y dydd. Nid oedd clo arni, ond roedd rhwd y blynyddoedd wedi'i chau'n dynn. Daliai Dafydd i afael yn dynn yn y cawell, a bellach roedd yn hongian tua ugain troedfedd uwchben y llawr metel. Cododd ei goesau'n uchel gan eu plygu o dan ei gorff. Defnyddiodd siswrn bychan metel oedd wedi'i rwymo am ei wddf i dorri rhai o'r sgwariau metel. Nawr gallai wthio'i draed iddynt i fedru bachu a gwthio'n haws. Plygodd ei ben ymlaen a rhoi ei ysgwyddau yn erbyn y ffenestr cyn gwthio'n galed.

Roedd y cawell metel a chorff Dafydd yn ysgwyd i gyd o dan y straen ond ni symudodd y ffenestr fodfedd. Anadlai'n drwm a bu'n rhaid iddo dynnu'i draed o'r tyllau ac ymestyn ac ystwytho'i goesau oedd wedi cyffio tra oedd yn dal i hongian o'r cawell. Rhoddodd ei draed 'nôl yn y cawell. Ymestynnodd ac ystwythodd ei fraich dde ac yna'r un chwith.

Pwysodd yn ôl gan graffu'n ofalus ar y ffenestr. Yna defnyddiodd flaen llym y siswrn metel i grafu ar hyd ochrau'r ffenestr gan geisio rhyddhau'r rhwd a'r llwch. Anadlodd yn ddwfn a chymryd ei amser. Bu wrthi am dros chwarter awr yn crafu'n ofalus, gyda'r baw a'r llwch yn disgyn i'w lygaid yn aml. Ond ni allai wneud dim ond gadael i'w chwys lanhau ei lygaid gan eu llosgi'n gras yr un pryd.

Nawr roedd yn barod i geisio symud y ffenestr eto, ac fe roddodd ei holl bwysau dan y gwydr gan wthio'n galed. Gwnaeth hynny am ddeg eiliad hir cyn i'r ffenestr ildio o'r diwedd a chodi'n araf gyda gwich oedd – i glustiau Dafydd – yr un mor swnllyd ag awyren yn hedfan uwchben. Tynnodd ei hun trwy'r agoriad bychan cyn rowlio ar do'r carchar a gorffwys ar ei gefn. Arhosodd yno am hanner munud hir bendigedig yn gweld sêr ac ystwytho'i freichiau a'i goesau. Yna cododd ar ei draed yn sigledig. Gymaint oedd yr ymdrech, daliai i weld sêr yn fflachio o flaen ei lygaid a bu'n rhaid iddo anadlu'n ddwfn cyn y gallai gymryd cam ymhellach.

Gwisgodd ei esgidiau wrth iddo edrych o'i amgylch. Gwelodd yr hyn y chwiliai amdano, sef peipen ddŵr yn rhedeg o'r to i'r ddaear islaw. Edrychodd ar ei oriawr – bron yn un ar ddeg, a gwyddai bod y shifft nesaf o geidwaid wrthi'n cymryd drosodd yr oruchwyliaeth. Dyma'r adeg gorau i ddringo i lawr y beipen er bod camerâu diogelwch arni. Ni oedodd am eiliad ac roedd wedi disgyn i'r llawr mewn llai na munud.

Er gwaetha'r temtasiwn, a'r ffaith bod pob greddf yn ei gorff yn gweiddi arno i redeg, cerddodd yn hamddenol tuag at y wal. Roedd Terry wedi'i rybuddio y byddai'r ceidwaid yn llai tebygol o sylwi ar rywun yn cerdded nag yn rhedeg. Felly, gan deimlo'n hollol noeth dan y golau cryf, cerddodd at y wal. Roedd ei reddf yn rhy gryf i'w atal rhag crymu'i ysgwyddau a chafodd ei hun yn mynd i'w gwrcwd ryw ychydig. Roedd ei grys, a foddwyd mewn chwys wrth iddo agor y ffenestr, bellach yn ddim ond cadach gwlyb amdano nes peri iddo grynu yn oerfel y nos. Ond byddai'n rhaid iddo aros am sbel eto cyn y câi gyfle i sychu ei hun.

Wedi cyrraedd y wal, tynnodd ar y rhaff hir oedd wedi'i chlymu dros ei ysgwyddau gyda'r pren trwm ar un pen. Taflodd hi fel cowboi i geisio bachu ar y pigau ar gopa'r wal oedd bymtheg troedfedd uwchben. Trwy lwc llwyddodd i'w bachu y tro cyntaf, a cam bach oedd llusgo'i hun gerfydd ei freichiau a dringo'r wal yn ei gwrcwd. Ar y copa, ni chafodd gymaint o lwc yn taflu'r rhaff y tro hwn.

*   *   *

Llygaid barcud y ceidwad newydd a welodd y baw ar y llawr. Wedi iddo raddio trwy groen ei ddannedd yn y gyfraith, ymunodd Owen Melville â'r gwasanaeth carchardai ar gynllun a olygai y gallai fod yn rheolwr ymhen pum mlynedd. Roedd yn benderfynol o wneud ei farc, a dilynai bob rheol i'r eithaf. Felly, pan fyddai ar y shifft nos, cerddai'r coridorau'n ddeddfol gan graffu ar bob clo a drws.

Ond sŵn ei esgidiau'n crensian ar ddarnau o fetel dynnodd ei sylw, a defnyddiodd ei fflachlamp i oleuo'r llawr. Gallai weld darnau o fetel rhydlyd yno, ond ni fedrai yn ei fyw â gweld sut y daethon nhw yno, gan fod y coridorau'n cael eu sgubo ar ddiwedd pob diwrnod. Tybed a fuodd rhywun yn esgeulus? Ni fuasai'n meddwl ddwywaith cyn achwyn ar unrhyw un o'i gyd-swyddogion.

Teimlodd wynt oer ar ei war ac edrychodd o'i amgylch eto cyn edrych i fyny tua'r to. Efallai bod crac yn yr hen ffenestr yna? Ond yna gwelodd y twll yn y cawell roedd Dafydd wedi'i dorri ar gyfer ei draed, a syllodd yn hurt am eiliad cyn ymbalfalu am ei chwiban. Gwelai bob gobaith am ddyrchafiad buan yn diflannu fel mwg, a rhegodd cyn chwythu'r chwiban yn uchel. Yna cofiodd bod radio ganddo ar ei wregys hefyd.

* * *

Daliai'r cŵn i gyfarth wrth i sŵn y corn atsain ac i'r llif-oleuadau barhau i symud yn brysur ar hyd y waliau a'r llawr. Roedd bron fel storm fellt a tharanau, meddyliodd Dafydd. Clywai leisiau dynion yn agosáu wrth iddo gyrraedd y weiren bigog. Roedd yn rhaid bod yn ofalus yma, gan fod Terry wedi'i rybuddio bod rhai yn honni ei bod wedi ei thrydaneiddio. Ond nid oedd dewis ganddo ond gafael ynddi. Roedd pigau creulon ymhobman, ac oni bai am y menig lledr trwchus byddai ei ddwylo wedi rhwygo fel caws ar *grater*.

Gan afael yn y weiren gydag un llaw, agorodd y bwcwl am ei wregys lledr gyda'r llall. Ciciodd ei draed yn erbyn y weiren bigog gan bwyso'n simsan ar ei chopa cyn dechrau dringo'n ofalus i lawr yr ochr arall. Brathodd y bachau trwy ei fenig oedd bellach yn ddim ond careiau lledr am ei ddwylo. Pan oedd tua chwe troedfedd oddi ar y ddaear, neidiodd i lawr gan lanio yn ei gwrcwd a rhowlio ar ei ochr. Teimlodd y gwlith ar y gwair ar ei wyneb. Cododd ar ei union a rhedeg yn gyflym a chaled am y coed oedd led cae pêl-droed y tu draw i'r weiren.

Baglodd trwyddynt gan ddisgyn ar ei liniau i ddal ei wynt. Ond dim ond am eiliad. Os arhosai, byddai'r adrenalin yn peidio a byddai'i goesau'n cyffio. Rhedodd yn ei flaen, ychydig bach yn fwy pwyllog. Roedd yn rhydd! Dyna'r oll oedd ar ei feddwl. Er gwaethaf llwyddo i ddianc o'r carchar, gwyddai fod y gwaith anoddaf o'i flaen. Roedd yn rhaid dod o hyd i'r Casglwr a'i ddal, i brofi ei fod ef, Dafydd, yn ddieuog.

Cyfarfod

Yng nghysgod y coed disgwyliai'r Lladdwr am y person y bu bron iddo'i lofruddio flynyddoedd ynghynt. Nawr wynebai broblem a allai ddifetha popeth. Ond nid oedd wedi teimlo mor fodlon, mor hapus hyd yn oed, ers blynyddoedd. Nid gêm oedd hon. Er y gwyddai fod Dafydd am ddianc o'r carchar y noson honno, ni wyddai'n union ble roedd am ddringo dros y wal. Ymestynnai honno am chwe chan llath o amgylch y carchar, a gallai Dafydd ddewis unrhyw fan y dymunai. Os methai â'i gwrdd yma, nid oedd gobaith ganddo i'w ddal wedyn.

Wrth iddo deithio y prynhawn hwnnw yng nghar y Cyrnol o sir Benfro i lannau Mersi, cafodd Abel Morgan gyfle i ddarllen cynnwys y ffeil drwchus a gasglwyd ar Dafydd Smith ers y digwyddiad yng nghanolbarth Cymru flynyddoedd ynghynt.

Dyna pryd y daeth Dafydd yn enwog am y tro cyntaf. Hwnnw hefyd oedd cyrch olaf swyddogol y Lladdwr cyn iddo ymddeol. Ni ddychmygodd y byddai byth yn dychwelyd i'r gwasanaeth. Wrth i'r car wibio drwy ardal y Gororau, clywodd ragor o fanylion am gynllun y Cyrnol, a'r hyn roedd y Gwasanaethau Cudd yn ei amau am gynlluniau'r Ffasgwyr.

'Gallai ffigwr fel y Louis Cypher hwn, gyda'r cysylltiad teuluol yma sydd ganddo â Hitler, gael ei ddefnyddio fel *rallying point* i'r grwpiau Ffasgaidd amrywiol sydd yng ngwledydd Ewrop. Ac mae'r sefyllfa bresennol, gyda chymaint o eithafiaeth a ffwndamentaliaeth grefyddol, yn golygu eu bod yn denu mwy a mwy o gefnogwyr trwy'r adeg. Efallai na fuasai'n llwyddo, ond dwi'n meddwl ei fod yn rhy beryglus i aros i weld be allai ddigwydd.

'Fel y gweli, mae Dafydd Smith yn allweddol yn hyn i gyd. Rydan ni'n credu i'r Casglwr gysylltu ag ef trwy gerdyn post yn ddiweddar. Mi fydd Dafydd ar dân eisiau ei ddal, yn enwedig nawr, gan fod ei apêl wedi methu.

'Yn anffodus, rydan ni hefyd yn amau bod criw arall, criw o'r Ffasgwyr yma, yn gwybod am hyn a'u bod hwythau ar drywydd Louis Cypher. Buasai'n ddigon naturiol iddyn nhw ddefnyddio Smith fel abwyd hefyd.'

Oedodd y Cyrnol i lyncu cegaid o'r frechdan gaws a thomato sych a brynodd y gyrrwr yn y garej ger Amwythig.

'Fe glywaist am f'amheuon bod rhywun o fewn y gwasanaeth cudd yn rhan o'r cynllwyn hefyd, felly allwn ni ddim ymddiried yn neb. Os digwyddith unrhyw beth i mi, yna rhaid i ti addo imi dy fod yn gorffen y cyrch ac yn lladd y Casglwr. Cofia hefyd nad ydi amser ddim o'n plaid ni chwaith.

'Y gyfrinach ydi gwneud i Smith feddwl mai ei helpu fo rydan ni, ac mai fo sy'n gyrru'r holl gynllun yn ei flaen. Ddylsai hynny ddim bod yn anodd, chwaith, oherwydd ei bersonoliaeth. Fe weli hynny oddi wrth sylwadau'r seicolegydd sydd ynghlwm wrth yr adroddiad meddygol yn y cefn. Mae'n greadur sy'n hoffi sylw, ac yn fodlon gwneud unrhyw beth i'w gael.'

Roedd Abel eisoes wedi gweld yr adroddiad ac wedi sgubo drwy'r penawdau, ond heb ei ddarllen yn fanwl. Sylwodd nad oedd unrhyw deulu agos gan Dafydd yn fyw bellach, ac mai dim ond ambell ffrind oedd yn trafferthu i gadw mewn cysylltiad ers iddo gael ei garcharu.

'Cynllun syml ond effeithiol ddigon – ond beth fyse wedi digwydd petai apêl Smith wedi llwyddo? Neu bod gobaith ganddo am wrandawiad arall?' gofynnodd, wedi sylwi ar y gwendid yng nghynllun y Cyrnol.

'Mi ofynnais am ffafr gan hen ffrind i wneud yn siŵr bod ei apêl yn cael ei wrthod.' Nid oedd Abel Morgan yn synnu o glywed am gynllun mor oeraidd. 'Mi fydd Dafydd Smith yn barod i wneud unrhyw beth i ddal y Casglwr – yn fyw neu'n farw erbyn hyn. Unrhyw beth.'

Wrth iddo egluro'i gynllun a bwyta'i frechdan ar yr un pryd, roedd y Cyrnol hefyd yn cadw golwg ar ebyst trwy gyfrwng sgrin cyfrifiadur bychan oedd yn gorffwys ar fwrdd yng nghefn sedd y gyrrwr.

'Rydych wedi paratoi ar gyfer popeth, dwi'n meddwl, ond beth sy'n digwydd wedyn? Beth ddigwyddith i Smith os aiff popeth yn ôl y disgwyl? A fydd hi'n bosibl trefnu pardwn o ryw fath iddo, neu gymorth cyfreithiol? Mae e wedi bod trwy gyfnod anodd dros ben ac eisoes wedi colli blynyddoedd o'i fywyd. Ac mae'n bosibl y gallai gael ei ladd, hyd yn oed. Wedi'r cyfan, fe fuodd e o gymorth mawr i chi, a'r Gwasanaeth, gyda helynt Kilmarnock a Syr Humphrey on'd do?'

Peidiodd y Cyrnol ag edrych ar y sgrin o'i flaen am eiliad a throi i edrych drwy'r ffenestr dywyll. Crychodd ei wyneb a rhwbio'i fys a'i fawd ar dop ei drwyn.

'Do. Help mawr. Mi wnaeth wasanaeth mawr i'n

gwlad yr adeg hynny hefyd – ond mae gofyn iddo wneud un arall nawr. Yn anffodus, all o byth wybod pa mor bwysig fydd ei gyfraniad chwaith.'

Edrychodd Abel Morgan ar y Cyrnol yn ofalus.

'Dwi ddim yn meddwl y bydde hi'n deg iawn gadael i Smith gymryd ei siawns gyda'r gyfundrefn gyfreithiol. Beth am gynnig tamed o help iddo . . .'

Torrodd y Cyrnol ar ei draws yn dawel.

'Na, dwi ddim yn meddwl; mae digon ar fy mhlât yn barod a tydi problemau posibl Dafydd Smith ddim o bwys imi ar hyn o bryd. Dwi'n barod i adael y mater yn dy ddwylo di a'th ddyfeisgarwch. Ond gan fod amser yn ein herbyn – a phwy a ŵyr am faint y llwyddith Smith i gadw'i ben? – mi fuaswn yn awgrymu'n gryf dy fod yn defnyddio Mr Smith fel abwyd. Defnyddia fo i dynnu'r Casglwr o'i guddfan, gwna hi'n hawdd iddo ddod o hyd iddo, a dwi'n siŵr y daw.'

Felly, meddyliodd Abel, perswadio Dafydd Smith i ddianc o garchar, yna ei ddefnyddio fel abwyd i dynnu sylw lladdwr lluosog gan wybod ar yr un pryd fod carfan o eithafwyr sy'n fodlon llofruddio yn chwilio amdano hefyd. Yna, os ydi o'n llwyddo i oroesi'r cyfan, bydd yn rhaid iddo geisio perswadio'r awdurdodau ei fod yn ddieuog wedi'r cwbl. Dyna pryd y sylweddolodd bod gwendid arall yn y cynllun.

'Ond fe fydd hi'n anodd iawn i Smith brofi ei fod yn ddieuog os bydd y Casglwr yma wedi marw.'

'Amhosibl ddywedwn i,' meddai'r Cyrnol, gan yfed y coffi diflas a brynwyd yn y garej, 'hollol amhosibl. Ond bydd yn rhaid i ti wneud yn siŵr ei fod yn barod i'w ladd hefyd. Dwi ddim eisiau i hwn gael ei arestio'n fyw. Mae o i fod i farw cyn gynted ag rwyt ti'n cael gafael arno. Ydi hynny'n glir? Dwi ddim am i neb sy'n gwybod gwir bwysigrwydd y stori hon gael ei gadw'n fyw. Neb.'

Ystyriodd y Lladdwr yn ddwys yr hyn roedd y Cyrnol wedi'i ddweud, cyn deall beth roedd wedi ei glywed. Er ei brofiad helaeth roedd syndod ar ei wyneb.

'Fe fydde'n llawer gwell i chi petai neb yn fyw ar ôl y cyrch yma, a hynny'n cynnwys Dafydd Smith? Dim un stori'n codi ohono, a neb yn gwybod dim am y gyfrinach.'

Ni ddywedodd y Cyrnol air, dim ond dal i ddarllen y negeseuon a'r adroddiadau ar y sgrin o'i flaen.

Roedd meddwl Abel yn dal yn gymysglyd oriau'n ddiweddarach wrth aros o dan y coed ger y carchar. Dyna'r union reswm pam yr oedd wedi penderfynu gadael y gwasanaeth cudd. Ond nawr roedd yn disgwyl am Dafydd Smith gan wybod fod pennaeth y gwasanaeth cudd wedi gorchymyn, am yr ail waith yn ei fywyd, ei fod i'w ladd.

Ar Ffo

Gwastraffodd Dafydd eiliadau gwerthfawr yn aros i weld ble'n union yr oedd cyn dechrau rhedeg eto. Curai ei galon fel gordd ac roedd ei anadlu trwm yn ei atgoffa o sŵn ceffyl rasio ar ddiwedd ras. Teimlai ei grys yn glynu'n boenus o oer ar ei gefn, ac yntau wedi chwysu'n swp, yna oeri wrth iddo geisio taflu'r rhaff. Byddai'n rhaid iddo symud yn gyflym neu byddai'n oeri gormod.

Dyna brif adeilad y carchar ar y dde, meddyliodd, a'r tŵr uwchben y cae ymarfer tu hwnt. Felly rhaid mai dyna lle roedd y brif fynedfa a'r ffordd fawr yn rhedeg oddi yno i gyfeiriad y gogledd-ddwyrain. Anelodd am honno gan ei fod wedi penderfynu dilyn y ffordd. Fel arall, roedd Terry wedi ei rybuddio y gallai redeg mewn cylchoedd am oriau os nad oedd ganddo rywbeth i'w gyfeirio.

Tu ôl iddo fe glywai leisiau'r ceidwaid, oedd wedi dilyn y cŵn erbyn hyn. Bellach roeddent yn chwilio'n fanwl o amgylch y weiren bigog. Unwaith y byddent yn sylwi ar y rhaff, byddai'r chwilio'n dechrau o ddifrif y tu allan i waliau'r carchar. Ar hyn o bryd roeddent yn canolbwyntio ar chwilio tu fewn i'r muriau. Ond byddai'r heddlu eisoes ar eu ffordd, felly nid oedd eiliad arall i'w gwastraffu.

Daliodd Dafydd i redeg yn ei flaen yn ei gwrcwd gan aros bob deg llath i edrych o'i amgylch yn ofalus cyn mynd yn ei flaen. Byddai'n wirion pe bai'n rhedeg ar ei ben i un o'r ceidwaid oedd yn chwilio amdano, felly roedd yn edrych bob ochr a thu ôl iddo.

Er mor ofalus ydoedd, ni chafodd unrhyw rybudd o'r hyn oedd i ddod. Teimlodd law yn gafael am ei geg, ac ar yr un eiliad roedd rhywbeth yn baglu ei draed tra oedd pwysau mawr yn glanio ar ei gefn gan ei wthio'n galed i'r ddaear nes gwasgu'r gwynt o'i ysgyfaint. Teimlai'n sâl gan gyfuniad o'r godwm a sylweddoli ei fod wedi'i ddal, lai na phum munud ar ôl dianc o'r carchar.

*   *   *

Derbyniodd y Cyrnol yr alwad yn ei swyddfa i ddweud bod y carcharor wedi dianc o Walton. Er ei bod yn tynnu am dri o'r gloch y bore, roedd yn dal wrth ei ddesg yn darllen adroddiadau. Taflwyd sach gysgu a mat gwersylla ysgafn y gellid ei lenwi â gwynt ar y llawr ger y teledu. Roedd yn edifar ganddo nawr gael gwared ar y soffa oedd yn y swyddfa pan symudodd yn ôl iddi. Ond, ar y cyfan, gwell ganddo gael desg a chadeiriau ychwanegol yn hytrach na soffa.

O leiaf roedd rhan gyntaf y cynllun wedi gweithio; ni allai bellach wneud dim ond gobeithio bod y tân a'r awydd am ddial yn stumog Dafydd, ynghyd â phrofiad Abel Morgan, yn ddigon i ddal a threchu'r Casglwr. Edrychodd ar y calendr oedd ar y wal. Llai nag wythnos i fynd nes bod y Ffasgwyr yn bwriadu cyhoeddi'r stori am ŵyr Hitler. Dyna'r oll o amser oedd ganddo nawr.

*   *   *

Prinder amser oedd flaenllaw ym meddwl Abel hefyd wrth iddo wasgu ar wddf Dafydd Smith. Gafaelai'n dynn ynddo i'w rwystro rhag gwingo a gwneud sŵn. Roedd dod o hyd iddo a'i ddal wedi bod yn hawdd. Gwelodd ef o bell, yna rhedodd o'i flaen gan orwedd yn fflat ar y ddaear i ddisgwyl amdano. Bu bron i Dafydd Smith redeg drosto. Nawr byddai'r gwaith caled yn dechrau.

Eglurodd yn gyflym pwy ydoedd. 'Ry'n ni wedi cwrdd o'r blaen. Fi fuodd bron â dy saethu di, yng nghar yr heddlu ger y Drenewydd flynyddoedd yn ôl.' Gobeithiai y byddai hynny'n argyhoeddi Dafydd o bwy ydoedd, er nad oedd yn siŵr sut y byddai'n ymateb i hynny chwaith.

'Rydw i yma ar waith cyfrinachol sy'n hanfodol i ddiogelwch y wlad ac fe alli di ein helpu. Fe gei bardwn swyddogol hefyd os gwnei di ein helpu. Y Cyrnol sydd wedi fy anfon i. Mae'n rhaid i ni ddal y Casglwr.

'Ond nawr rhaid i ni adael ar frys. Does dim amser i'w wastraffu. Bydd y ceidwaid a'r heddlu yma 'mhen dim, ac os wyt ti'n cael dy ddal yna byddi mewn cell am weddill dy oes a fydd neb yn credu dy fod yn ddieuog. Chei di fyth gyfle i ddial ar y Casglwr wedyn. Beth wyt ti am ei wneud? Dy ddewis di yw e.'

A gyda hynny gollyngodd y Lladdwr ef a rowlio oddi arno nes ei fod yn ei wynebu. Gwyddai eu bod yn gwastraffu amser. Ond roedd yn rhaid i Dafydd ymddiried ynddo.

Trodd Dafydd ar ei ochr. Syllodd yn galed ar y Lladdwr gan gofio'r noson honno, flynyddoedd ynghynt, yng nghar heddlu Ifan Llewelyn a'r ddau ohonynt yn edrych i faril gwn Abel Morgan. Credai y noson honno ei fod am gael ei ladd. Nawr roedd yr un dyn wedi neidio arno wrth iddo ddianc o garchar ac roedd yn gofyn iddo ymddiried ynddo. Ond roedd y Lladdwr wedi'i helpu unwaith pan allai fod wedi'i ladd.

'Mae cant a mil o gwestiynau gen i i'w gofyn iti – ond rhaid i ni fynd oddi yma rŵan. Oes gen ti gar gerllaw?' gofynnodd Dafydd, gan edrych 'nôl tua'r carchar lle roedd gweiddi'r ceidwaid yn brawf eu bod wedi dod o hyd i'r rhaff.

Cyn i Abel gael cyfle i ateb dallwyd y ddau gan olau cryf.

'Arhoswch lle rydych chi neu mi fydda i'n rhyddhau'r cŵn. Rydan ni wedi'ch amgylchynu. Peidiwch â gwneud y sefyllfa'n waeth. Gorweddwch ar y llawr gyda'ch dwylo wedi'u plethu tu ôl i'ch pen.'

Clywai Dafydd sŵn cyfarth cŵn yn beryglus o agos a throdd at Abel. Yn boddi popeth roedd corn y carchar a sŵn udo cyrn heddlu yn y pellter. Credai ei fod wedi cael ei fradychu. Ceisiodd droi ei ben rhag y golau cryf, ond nawr roedd golau arall yn disgleirio yn ei wyneb o gyfeiriad arall.

'Beth sy'n digwydd? Pwy ydi'r rhain? Ro'n i'n meddwl dy fod ti am fy helpu i ddianc, nid fy nal nes bod y ceidwaid yn cyrraedd!' meddai, gan geisio cysgodi'i lygaid.

Asesodd Abel Morgan y sefyllfa. Roedd yntau wedi cael ei ddallu gan y golau, a bellach roedd yn defnyddio'i glustiau. Criw o ddau neu dri, dim mwy, oedd yma. Buasai criw mwy o swyddogion wedi defnyddio pob golau oedd ganddynt i'w dallu. Gwrandawodd yn ofalus eto. Dim ond dau ddyn oedd yma.

Clywai sŵn dau gi yn cyfarth. Rhaid eu bod yn eu dal

ar dennyn neu buasent wedi dod o hyd iddynt bellach. Ceidwaid oedd y rhain, felly, nid heddlu na phobl broffesiynol o'r gwasanaeth cudd. Un carcharor roeddent yn ei ddisgwyl, ac roedd Abel yn siŵr eu bod wedi synnu o weld dau. Clywodd un yn siarad ar radio yn galw am gymorth. Dyma eu hunig gyfle – symud nawr cyn i'r ceidwaid eu dal.

'Un criw o geidwaid sydd yma; rheda'n galed nawr yn syth yn dy flaen. Rheda nawr – dyna dy unig gyfle!' gwaeddodd gan wthio Dafydd yn galed yn ei gefn.

Trodd yntau a rhedeg yn galed i'r dde ac yna troi a rhedeg yn syth tuag at olau'r fflachlamp arall. Wrth redeg, roedd wedi tynnu ei wn o'i boced a'i ddal yn sgwâr yn ei law dde fel bod y ceidwad yn gweld yn union beth oedd ganddo. Roedd fflachlamp bychan *halogen* yn ei law chwith.

'Jason! Gwylia, mae hwn yn arfog. Helpa fi, helpa fi!' clywodd y sgrech o'i flaen ac yntau'n agos iawn. Fel yr oedd Abel wedi'i ddisgwyl, symudodd y fflachlamp oddi arno wrth i'r ceidwad ryddhau'r ci. Safodd yn stond ac agor ei lygaid gan ddefnyddio'i fflachlamp yntau i oleuo'r hyn oedd o'i flaen. Roedd fel gwylio ffotograff. Gwelai bod y ceidwad, mewn gwisg glas tywyll, eisoes wedi troi a dechrau rhedeg, ond yn ei banic roedd wedi llithro a gollwng y fflachlamp. Ond poenai Abel fwy am y ci Alsatian oedd ar fin llamu arno er ei fod wedi ei hanner ddallu gan y golau sydyn ac wedi cau'i lygaid yn reddfol.

Cododd Abel ei fraich chwith o'i flaen fel petai'n dal tarian, gan droi yr ochr feddal tuag at ei gorff. Pan deimlodd y dannedd yn cau am ei fraich, rhowliodd yn ôl ar ei gefn dan ddefnyddio pwysau'r ci i'w daflu drosodd a'i daro'n galed yn erbyn y llawr. Trodd ar ei ochr a defnyddiodd y gwn i daro'r ci yn galed ar ochr ei ben. Trawyd y ci yn anymwybodol. Ond clywai'r ddau geidwad yn cau amdano, un o'i flaen a'r llall tu ôl.

Rhowliodd yn ei flaen din dros ben gyda'i lygaid led y pen ar agor gan ddal ei fraich chwith o'i flaen eto. Gwthiodd ei ben yn isel i'w ysgwyddau gan aros yn ei gwrcwd. Roedd y gwn yn dal yn ei law dde. Teimlodd y ceidwad gic a throdd ei gorff i'w hanner osgoi. Bellach roedd y ceidwad wedi colli'i gydbwysedd am hanner eiliad gyda'i goesau ar led.

Cododd Abel Morgan yn gyflym o'i gwrcwd gan ddefnyddio'r gwn i daro ergyd galed ar ochr pen y ceidwad. Disgynnodd hwnnw ar unwaith. Yna roedd y llall wedi gafael ynddo gan gloi pastwn metel am ei wddf a gafael ym mhob pen. Ceisiodd hwnnw lusgo Abel yn ôl oddi ar ei draed.

Er ei fod yn tagu am wynt a'i fod yn reddfol eisiau gafael yn y pastwn oedd yn ei dagu, tarodd Abel ergyd galed yn ôl gyda'i benelin. Roedd y ceidwad yn disgwyl am honno ac wedi troi ei gorff i warchod ei hun. Ond nid oedd yn disgwyl ergyd nesaf Abel. Teimlodd hwnnw gyda'i droed am goes y ceidwad cyn cicio'n galed am ei ben-glin a chrafu ochr ei esgid ddringo drom i lawr yr asgwrn cyn sathru'n galed ar ei droed a'i figwrn.

Gyda gwaedd o boen, gollyngodd hwnnw'r pastwn a chodi'i goes yn reddfol. Er bod ei ysgyfaint yn llosgi am wynt, trodd Abel a glanio cic greulon arall gyda'i esgid ar yr un man ar droed y ceidwad. Osgôdd yr ergyd wan a daflodd hwnnw gyda'i bastwn gan daro'r gwn ar fraich y ceidwad. Defnyddiodd gledr ei law i daro gwddf y ceidwad ac yna gwthio'i fysedd i'w lygaid. Disgynnodd y ceidwad ar ei ben-ôl gan rowlio ar ei ochr. Fyddai o ddim yn achosi rhagor o drafferth, roedd hynny'n ddigon amlwg. Defnyddiodd Abel ei fflachlamp i weld lle roedd Dafydd.

Gorweddai Dafydd ar ei gefn gyda chi arall yn brathu'i fraich ac yn sgyrnygu'n fygythiol. Bob tro roedd Dafydd yn gwingo, brathai'r ci yn ddyfnach. Gwaeddai mewn poen ac ofn. Cododd Abel fflachlamp y ceidwad a'i diffodd cyn camu at y ci a sgleinio'r golau i fyw ei lygaid. Gollyngodd hwnnw ei afael ym mraich Dafydd a chamu 'nôl gan ysgwyd ei ben a gwichian. Llamodd Abel arno gan wasgu'i geg yn dynn gydag un fraich a rhwymo *zip-tie* plastig amdano fel mwdwl. Ni allai'r ci wneud dim ond griddfan yn ei wddf a rhedodd i ffwrdd.

'Dere, does dim eiliad i'w gwastraffu; rhaid i ti ymddiried ynddo i a gwneud popeth rwy'n ei ddweud. Bydd amser 'da fi i ateb unrhyw gwestiynau wedyn.'

Wrth i Abel siarad gwelai ddau olau glas ceir heddlu yn aros wrth y mur.

'Y ffordd hon, dilyna fi,' meddai Abel gan lusgo Dafydd ar ei ôl rhag ofn ei fod mewn sioc. Teimlai hwnnw'r gwaed yn diferu i lawr ei fraich lle roedd y ci wedi'i frathu. Roedd yr holl ymdrech, a sioc yr ymladd gyda'r ci, wedi'i ysgwyd a theimlai'n benysgafn. Chwydodd wrth redeg nes bod ei wyneb a'i grys yn wlyb diferol.

'Aros, aros; alla i ddim mynd pellach, dwi bron â llewygu.'

Baglodd Dafydd dros ei eiriau wrth redeg yn ei flaen a disgyn ar ei wyneb er gwaethaf braich gref Abel o'i amgylch. Llusgodd hwnnw ef ar ei draed yn ddi-lol gan ddal ati i redeg. Edrychai ar ei oriawr yn aml a chafodd Dafydd gip ar olau gwyn cwmpawd ar wyneb yr oriawr.

'Dyma ni. Paid poeni, does dim rhaid iti redeg dim pellach. Teclyn a hanner yw'r GPS 'ma,' meddai Abel, gan ysgwyd yr oriawr o'i flaen.

Gwelai Dafydd eu bod wedi aros wrth lwyn neu fur o ryw fath. Yna tynnodd Abel ar raff a gwelai Dafydd feic modur scramblo yn gorwedd yno.

'Gwisga hon,' meddai, gan stwffio helmed i ddwylo Dafydd. Tarodd Abel helmed debyg ar ei ben yntau, ond bod teclyn tebyg i sbienddrych wedi'i gysylltu ar y blaen.

'Neidia ar y cefn a gafael yn dynn. A gwell iti gau dy lygaid. Cofia, fyddi di ddim yn gweld lle rydyn ni'n mynd ta beth – fydda i ddim yn defnyddio'r golau,' meddai Abel gan gyffwrdd yn y teclyn gweld-yn-y-nos ar ei helmed. Roedd eisoes wedi codi'r beic ac eistedd arno. Gollyngodd Dafydd ei hun yn swp ar y cefn gan afael fel gelen am ganol Abel a chau ei lygaid yn dynn. Rhuodd y modur a gyrrodd Abel ar ei union i ganol y goedwig.

Newyddion

'Dihangodd llofrudd peryglus o garchar Walton ger Lerpwl neithiwr. Dywed yr awdurdodau fod Dafydd Smith wedi llwyddo i ddringo dros fur y carchar er mwyn dianc. Maen nhw'n rhybuddio'r cyhoedd i fod ar eu gwyliadwraeth ac yn dweud na ddylai neb fynd yn agos ato. Roedd wedi'i garcharu am oes am lofruddio'i gariad, Anna Bennett.

'Daeth Smith, sydd yn gyn-bêldroediwr proffesiynol a chyn-newyddiadurwr ar bapur newydd y *Times,* yn enwog am iddo greu stori am laddwr lluosog o'r enw'r "y Casglwr" a cheisio rhoi'r bai ar hwnnw am lofruddio'i gariad. Dywed yr heddlu eu bod nawr yn ymchwilio i nifer o lofruddiaethau a diflaniadau eraill y credir i Smith fod yn gyfrifol amdanynt, gan roi'r bai ar gymeriad ffug y Casglwr i geisio twyllo'r awdurdodau. Nid yw'r heddlu'n credu iddo gael cymorth i ddianc.'

Gwenodd y Cyrnol wrth wrando ar fwletin boreol y BBC tra oedd yn yfed paned o goffi yn ei swyddfa. Ni allai fod wedi ysgrifennu stori well ei hun, ac ef oedd yn gyfrifol am yr holl wybodaeth oedd ynddo – er mai ffuglen ac nid ffeithiau oedd y rhan fwyaf o'r cynnwys.

Roedd hyn oll yn rhan o'i gynllun i geisio dod o hyd i'r Casglwr, gan ddefnyddio Dafydd fel abwyd. Ei fwriad oedd lledaenu'r stori drwy'r cyfryngau nad oedd y fath berson â'r Casglwr yn bod, ac mai Dafydd Smith ei hun oedd yn gyfrifol am nifer o'r llofruddiaethau. O'r hyn ddigwyddodd wrth i Dafydd fynd ar ei ôl y tro diwethaf, gwyddai fod Louis Cypher yn gymeriad balch oedd yn gwylltio os câi rhywun arall y sylw. Efallai y byddai'n fwy tebygol o wneud camgymeriad pe byddai wedi gwylltio.

Dyna ran gyntaf y cynllun wedi'i gyflawni'n llwyddiannus, felly, a gydag Abel Morgan yn defnyddio Dafydd Smith i ddenu'r Casglwr, roedd y Cyrnol yn siŵr y byddai'n llwyddiannus ac yn dod o hyd iddo. Ond roedd y ffaith bod y garfan o Ffasgwyr yma hefyd ar ei ôl yn ei boeni. Roeddent yn gwybod llawer gormod yn barod, ac roedd yn amau'n gryf fod rhywun ym mhencadlys *MI6* yn datgelu cyfrinachau. Dyna pam yr aeth at Abel a chadw'r cynllun yn gyfrinach rhag pawb yn y gwasanaeth.

Nid oedd unrhyw wybodaeth bellach wedi dod i'r golwg am y Ffasgwyr hyd yma, ond gwyddai eu bod yn chwilio'n galed. Gallent chwalu'r cyfan, ond roedd wedi dysgu bellach i fod yn amyneddgar. Roedd ei gynllun yn un da, ac roedd wedi ceisio rhag-weld popeth. Gwyddai ei bod yn debygol iawn y byddai rhywun yn marw – o bosib iawn rhywun diniwed fel Dafydd Smith. Ond roedd hynny'n bris roedd yn barod i'w dalu.

*   *   *

Arferai John McKay redeg bob bore, boed law neu hindda. Ond y bore hwn fyddai'r tro cyntaf ers iddo gael tynnu ei *appendix* iddo beidio â mynd i redeg. Y bwletin newyddion chwalodd ei gynlluniau, a nawr roedd ei dymer yn berwi drosodd.

Roedd y lladron, Mitchell a Charles, wedi cyrraedd ac roeddent hwythau ill dau yn flin am orfod codi mor gynnar. Nid oedd McKay wedi egluro dim wrthynt ar y ffôn gan ei fod yn ofni y gallai offer clustfeinio'r gwasanaeth cudd glywed y sgwrs.

''Dach chi wedi symud yn gyflym iawn, John,' meddai George Charles, yr hynaf o'r ddau leidr a fu'n ffrindiau ers cael eu carcharu ar yr un diwrnod yn eu harddegau. 'Dwi'n synnu i chi lwyddo i gael popeth yn barod mor gyflym. Sut goblyn y . . .'

Torrodd Mc Kay ar ei draws wrth sylweddoli beth roedd Charles yn ei ddweud.

'Gwranda'r clown, nid y fi oedd yn gyfrifol am helpu Dafydd Smith i dorri'n rhydd o'r carchar. Ti'n meddwl y byswn i'n eich galw chi yma mor gynnar 'swn i'n gwybod lle mae Smith? Y fo oedd yr unig gyswllt oedd gynnon ni i ddod o hyd i'r Louis Cypher yma . . . oni bai eich bod chi wedi darganfod rhywbeth yn y dyddiau diwethaf?'

Ysgydwodd y ddau eu pennau gan benderfynu ei bod yn well iddyn nhw gau eu cegau gan fod McKay mewn tymer mor ddrwg.

'Felly rydan ni angen dod o hyd i Smith, a hynny'n gyflym. O'r hyn sydd yn y ffeil, fe welwch nad oes ganddo unrhyw deulu agos; mae ei ffrind gorau yn swyddog uchel yn yr heddlu. Dwi ddim yn meddwl rhywsut y bydd Smith yn cysylltu efo hwnnw.

'Fel arall does ganddo fo ddim llawer o ffrindiau agos – neb mae o'n cadw mewn cysylltiad cyson efo nhw beth bynnag – oni bai am bêl-droediwr o'r enw Birch yn Llundain. Dwi wedi trefnu bod rhywun yn cadw golwg ar ei gartref o rhag ofn, er dwi'n amau y bydd y *papparazzi* yn ddigon i wneud i Smith gadw'n glir oddi yno beth bynnag. Ond dwi'n meddwl bod trywydd neu ddau addawol arall yn y ffeil yma.'

Eisteddodd wrth y ddesg a chwilio'n sydyn am ei lyfr nodiadau. Fe fu'n pori trwy'r ffeil ers clywed y newyddion.

'Dyma ni. Bu mam Dafydd Smith farw tra oedd yn disgwyl mynd i'r llys a dim ond unwaith y buodd yn gweld y bedd. O'r hyn sydd yn yr adroddiadau papur newydd, gwrthodwyd ei gais i fynd i angladd ei gariad, Anna Bennett. Os nad y fo oedd y llofrudd, yna efallai y buasai'n debygol o fynd heibio'r fynwent.

'Cyn-gydweithiwr iddo yw Elen Davies, gohebydd efo'r BBC. Mi glywais ei llais ar y radio y bore yma ac mae hi'n gweithio yn yr ardal hon ar hyn o bryd. Dwi'n meddwl y buasai'n fuddiol i ni gadw llygad arni hithau hefyd.'

Edrychodd y ddau leidr ar ei gilydd cyn i Charles fentro siarad.

'Mi fuasai'n beth twp iawn iddo fynd i un o'r llefydd yna. Maen nhw braidd yn amlwg, yntydyn, ac mae'n siŵr y bydd yr heddlu'n cadw golwg arnyn nhw?'

Symudodd Mitchell ei gadair fymryn oddi wrth Charles. Roedd tymer beryglus gan McKay ar brydiau. Cafodd ei siomi.

'Digon teg,' meddai McKay. 'Ond cofiwch hyn, tydi Smith ddim yn berson proffesiynol. Mae'n debygol iawn o ddilyn ei galon, a dyna ein cyfle gorau ni hefyd i'w ddal.'

Cododd ar ei draed a rhwbio'i law dros ei ben moel.

Wedi barnu tymer McKay, mentrodd Mitchell ofyn cwestiwn.

'Sut y llwyddodd o i ddianc o'r carchar, felly, os mai amatur llwyr ydi o? Rhaid ei fod yn ofnadwy o lwcus – neu ei fod wedi cael help gan rywun. Ond yn ôl yr adroddiadau swyddogol, fe ddihangodd ar ei ben ei hun.'

'Cwestiwn diddorol. Ond dwi wedi cael gair gyda chyfaill yn yr heddlu lleol ac mae o'n taeru fod person arall wedi bod yn disgwyl am Smith ar y tu allan a bod hwnnw wedi trechu dau geidwad a dau gi Alsatian. Felly dwi am i chi gael dau griw o bedwar dyn at ei gilydd. Dwi am i bawb fod yn arfog ac yn barod i ddefnyddio'r arfau hynny.'

Cynllunio

Clywsant hofrennydd yr heddlu yn hedfan uwchben unwaith eto, yn araf chwilio 'nôl a mlaen. Ond roeddent wedi arfer bellach ac wedi rhoi'r gorau i sbecian yn ofnus drwy'r ffenestri bob yn ail funud. Er mwyn cadw golwg ar unrhyw ddatblygiad, roedd radio *scanner* ymlaen a hwnnw'n gwrando ar alwadau'r heddlu.

Gan nad oedd Abel Morgan wedi cael amser i ddod o hyd i le diogel i guddio ynddo, bu'n rhaid iddo dderbyn cynllun y Cyrnol. Ond nid oedd yn hapus, er ei fod ef a Dafydd Smith yn cuddio rhag yr heddlu mewn coedwig, a'i fod yn gwybod nad oedd gan neb syniad ble roeddent.

Roeddent yn cysgodi mewn fan VW rydlyd gyda dau feic modur rasio ar y cefn. Eu stori, os caent eu holi gan yr heddlu, oedd fod Morgan yn ran o dîm rasio beiciau modur proffesiynol ond bod y fan wedi torri i lawr. Gallai Dafydd guddio y tu ôl i banel arbennig mewn cwpwrdd yn y fan. Gallai'r beics hefyd fod yn gymorth i ddianc neu i chwilio am y Casglwr mewn llefydd anghysbell. Roedd dau feic cyffredin yn y fan hefyd.

'Dwi ddim yn cytuno. Dyna fydde'r heddlu'n disgwyl i ti ei wneud – a dylset ti gadw'n glir o bobman a phob person rwyt ti'n eu hadnabod ar hyn o bryd,' meddai Abel.

Eisteddai'r ddau ar seddi yn wynebu ei gilydd yng nghefn y fan.

'A dylsem ganolbwyntio ar ddod o hyd i'r Casglwr

yma. Os llwyddwn i'w ddal, yna galli di brofi dy fod ti'n ddieuog a bydd 'da ti yr holl amser yn y byd i fynd i weld bedd Anna.'

Ysgydwodd Dafydd ei ben a gwelai Abel ei fod yn gwbl benderfynol.

'Efallai y caf fy nal yn nes ymlaen heddiw a cha i fyth gyfle eto i fynd i ddweud ffarwél wrthi hi. Dwi eisoes wedi treulio blynyddoedd yn y carchar a dwi ddim yn twyllo fy hun am eiliad. Dwi'n gwybod y galla i dreulio gweddill fy mywyd yn y carchar a dwi wedi penderfynu cymryd pob cyfle alla i. Pan wyt ti'n eistedd yn dy gell mae gen ti oriau i feddwl a difaru am yr holl bethau nad wyt ti wedi eu gwneud. Creda fi. Felly dwi am fynd i weld ei bedd.'

Oedodd Dafydd i yfed o'r botel ddŵr. Er ei fod wedi yfed galwyni, daliai i fod yn sychedig wedi cyffro'r noson gynt.

'Ond dwi dal ddim yn deall pam dy fod ti yma yn fy helpu a pham fod y Cyrnol am fy helpu rŵan. Mi allai fod wedi gwneud hynny flynyddoedd yn ôl, fel yr addawodd. Dwi ddim wedi anghofio'i addewid i mi.'

Roedd Abel Morgan yn disgwyl y cwestiwn ac wedi paratoi ei ateb yn ofalus.

'Dwi'n deall hynny. Mae'r Cyrnol ar fin ymddeol ac yn awyddus i'th helpu. Roedd wedi penderfynu gadael iti fynd drwy'r broses apêl cyn gweithredu mor eithafol â hyn. Does dim dewis ganddo nawr os yw e am dy helpu di. A'r unig ffordd i wneud hynny bellach ydi dy helpu i ddianc a dod o hyd i'r Casglwr. Ond dyw cael dy arestio wrth i ti fynd i weld bedd rhywun ddim yn mynd i dy helpu o gwbl.'

Syllodd Dafydd yn herfeiddiol arno. Roedd yn dechrau dod dros y sioc a'r ofn a deimlodd i gychwyn wrth dreulio amser yng nghwmni'r lladdwr proffesiynol hwn. Ond cofiodd iddo arbed ei fywyd unwaith, ac oni bai amdnao ef buasai 'nôl yn ei gell bellach. Credai y gallai ymddiried ynddo.

'Dwi'n mynd i weld y bedd, felly un ai rwyt ti am fy helpu neu dwi am fynd fy hun. Fel dwi wedi dweud, mae'n bwysig mod i'n cymryd pob cyfle rŵan yn lle difaru wedyn. I fod yn realistig, mi all fod yn anodd iawn dod o hyd i'r Casglwr beth bynnag. Gallai fod yn unrhyw le dan haul. Ro'n i'n canolbwyntio gymaint ar ddianc wnes i ddim meddwl llawer am beth i'w wneud wedyn.'

Gwelodd Abel Morgan ei gyfle i newid trywydd y sgwrs. Gallai geisio newid meddwl Dafydd am y bedd ar ôl dangos iddo sut roedd am ddod o hyd i'r Casglwr. Tynnodd gyfrifiadur bychan o rycsac ddu oedd wrth ei draed a'i agor gan ei orffwys ar ei lin.

'Dwi wedi crynhoi yr hyn rydym yn ei wybod am y Casglwr. Gan gymryd yn ganiataol ei fod am ddal ati i ladd, dyw e ddim yn debygol o newid arferiad oes a bydd angen cartref arno fe. Base fe wedi gorfod prynu rhywle o fewn y tair blynedd ddiwethaf, felly, gan nad oedd yn disgwyl i ti faglu ar draws ei waith yn Nyffryn Conwy pan wnest ti.

'Yma mae 'da fi gofnod o bob adeilad a brynwyd ym Mhrydain yn ystod y cyfnod yna. Dwi'n credu ein bod ni'n chwilio am le diarffordd, sy wedi cael ei brynu gan berson sengl, neu o bosibl gan gwmni bychan. Base fe hefyd yn prynu gydag arian parod, heb fod angen benthyciad. Dwi'n gallu defnyddio pob math o gofnodion trwy hwn, diolch i'r Cyrnol.'

Trodd y sgrin i'w dangos i Dafydd. Gwelodd ef restr hir o enwau, dros dair mil ohonynt. Sgubodd ei lygaid dros yr enwau a suddodd ei galon. Byddai'n gwbl amhosibl chwilio trwyddynt i gyd.

'Dwi hefyd wedi chwilio trwy gofnodion yr heddlu i chwilio am y llefydd lle mae mwy o adroddiadau na'r cyffredin am bobl yn mynd ar goll.'

Cofiodd Dafydd yn sydyn nad oedd wedi datgelu popeth.

'Dwi heb sôn am hyn o'r blaen, ond mi dderbyniais gerdyn post dienw – a dwi'n siŵr mai'r Casglwr oedd wedi'i anfon,' meddai. Caeodd ei lygaid. 'Roedd wedi'i bostio yn Llundain ond llun o Ardal y Llynnoedd oedd arno, Ullswater, rwy bron yn siŵr. Ydi hynna'n rhywfaint o help iti?' gofynnodd yn obeithiol.

'Help mawr,' meddai Morgan wrth deipio'n gyflym. 'Base dinas fawr yn lle naturiol iddo fe guddio, ond eto mae e wedi treulio'i oes yn byw yn y wlad ac rwy'n amau ei fod e'n ddigon haerllug i ddweud wrthot lle mae'n byw – gan gymryd yn ganiataol nad oes dim y galli di ei wneud ynghylch y peth. Ond ti'n siŵr mai fe wnaeth ei anfon?'

Nodiodd Dafydd ei ben.

'Reit, does dim llawer o amser gyda ni, felly rwy am ganolbwyntio ar Ardal y Llynnoedd yn gyntaf. Rhaid cychwyn yn rhywle ta beth. Dim ond tri tŷ sy'n ffitio'r categori yna nawr.'

Eisteddodd Abel yn ôl gan gynllunio'r cam nesaf. Ond Dafydd benderfynodd hynny.

'Dwi'n mynd i'r fynwent, a does dim pwrpas iti geisio newid fy meddwl chwaith. Dwi'n mynd yno, a dyna'i diwedd hi.'

Ysgydwodd Abel Morgan ei ben, ond gwyddai na fyddai Dafydd yn newid ei feddwl. Byddai'n rhaid ceisio cynllunio hyn i fod yn ymweliad mor gyflym a diogel â phosibl.

Mynwent

Lleidr fu David George ers iddo dorri i mewn i archfarchnad Kwiksave yn naw oed un nos Sadwrn boeth yn ystod cwpan pêl-droed y byd. Bocsys o ddiodydd oren a lemon fachwyd ganddo y noson honno, ond graddiodd i lefel troseddu difrifol cyn mynd i'r ysgol uwchradd.

Er gwaetha'r ffaith ei fod yn troseddu'n amlach nag y byddai'n mynychu'r ysgol, roedd yn un ar bymtheg oed cyn cael ei arestio am y tro cyntaf, a'i ddedfrydu i garchar. Addawodd mai dyna'r tro olaf y byddai'n gwastraffu amser mewn cell. Hyd yma, er gwaethaf gyrfa hir o dorri'r gyfraith, roedd wedi llwyddo i aros o afael yr heddlu, er eu bod yn cadw golwg fanwl arno.

Nawr roedd yn eistedd mewn car Lexus moethus euraidd yn yfed te poeth o fflasg a bwyta brechdanau yn yr haul ac yn cadw golwg ar fynwent yng nghanolbarth Cymru. Eisteddai ei gyfaill, Carl Mitchell, drws nesaf iddo yn hepian cysgu yng ngwres hwyr y dydd gyda chopi o bapur newydd tabloid ar ei lin. Roedd llun anferth ar y dudalen flaen o Dafydd Smith mewn gefynnau yn cael ei arwain i'r llys, rywdro ar ôl cael ei arestio am y tro cyntaf. Edrychai'n flinedig a pheryglus. Sgrechiai'r pennawd 'Perygl, Llofrudd ar Ffo!'

Dyna pam y credai George fod Dafydd yn cuddio yn rhywle ac na fyddai byth yn mentro dangos ei wyneb, heb sôn am ddod i le cyhoeddus fel hwn. Ond roedd yn cael ei dalu am wneud y gwaith, felly penderfynodd gau ei geg a mwynhau'r olygfa. Roedd car yr heddlu wedi mynd heibio ddwywaith neu dair yn ystod y dydd, ond nid oeddent i weld yn cymryd y gwaith o ddifrif. Yr un oedd y stori bob tro. Gyrru at y giât, cerdded am dipyn, smôc ambell waith ac yna gadael yn hamddenol.

Roedd y fynwent yn gymharol newydd, gan fod yr hen un ger y capel ar gyrion y dref wedi llenwi ers amser. Prynwyd y tir o'i amgylch gan ddatblygwr a welai gyfle i adeiladu canolfan siopa ddienaid arall. Felly bu'n rhaid i'r fynwent newydd gael ei lleoli rai milltiroedd i ffwrdd, mewn cae ar lawr dyffryn tawel. Plannwyd llwyni trwchus o'i hamgylch, a dim ond un fynedfa oedd iddi. Arweiniai ffordd gul ati.

Teimlai George yn falch iawn o'i gynllun. Roedd wedi gyrru ei gar ar draws cae a llechu dan goeden a roddai olygfa wych iddo o'r fynwent, ond mewn lle nad oedd neb yn gallu ei weld ef. Yna roedd wedi anfon y ddau arall oedd yn ei griw i'r fynwent. Gwenai bob hyn a hyn wrth gofio wynebau'r ddau oedd wedi hen arfer â gwerthu cyffuriau neu berswadio pobl i dalu arian diogelwch, ond nad oedd wedi mentro allan o dref neu ddinas yn eu bywydau.

'Rhag ofn y daw rhywun yma, rydach chi'ch dau i weithio fel torwyr beddau.' Gwelodd eu hwynebau'n syllu'n syn. 'Mae yna rawiau yn y gist, a gwisgwch y siacedi gwyrdd cyngor yma hefyd. Ewch i gornel, marciwch ddarn o dir ar gyfer agor bedd ac ewch ati i'w dyllu – ond peidiwch anghofio cadw golwg ar y fynwent ar yr un pryd.'

Nid oedd yr un o'r ddau'n awyddus i wneud y gwaith,

ond roedd gormod o ofn George a'i dymer arnynt i wrthod.

'A peidiwch â gweithio'n rhy galed; dwi ddim am i ni gael llond lle o feddau gwag erbyn diwedd y dydd, neu bydd raid imi feddwl sut i'w llenwi nhw rhywsut, yn bydd!' meddai gan syllu'n galed ar y ddau.

Aethant i nôl y rhawiau a mynd ati i dyllu heb ddweud gair. Trwy sbienddrych o'r car gwelai David George fod y ddau bellach bron o'r golwg yn y twll. Roedd hi bron yn chwech o'r gloch, ac er ei bod yn dal yn gynnes iawn roedd y cysgodion yn dechrau ymestyn. Ni welodd neb drwy'r dydd a edrychai'n debyg i Dafydd Smith.

'Hei Carl, deffra! Werth iti weld y rhain,' meddai wrth ei fêt, gan afael yn ei ysgwydd a'i ysgwyd yn ysgafn. 'Mae'r ddau wedi bod yn tyllu drwy'r dydd a bron â diflannu o'r golwg! Os byddan nhw'n dal ati mi fyddan nhw'n ei chael hi'n anodd i ddringo allan o'r twll!' ychwanegodd dan chwerthin. Cynigiodd y sbienddrych i Carl; gafaelodd yntau ynddo heb air, yn flin gan ei fod wedi cael ei ddeffro ond yn anfodlon dweud gair croes, serch hynny.

'Pwy ydi'r person arall yna sydd yn y fynwent?' gofynnodd Carl. 'Efallai mai hwnna ydi Smith,' meddai gan ymsythu yn ei sedd.

Cipiodd George y gwydrau o ddwylo'i gyfaill gan astudio'r fynwent yn ofalus. Yna rhoddodd nhw 'nôl iddo gan ysgwyd ei ben.

'Na, nid Smith ydi hwnna. Rhy fyr o lawer.' Taflodd gip sydyn ar ei lyfr nodiadau lle roedd manylion Dafydd wedi'u rhestru. 'Ac mae o'n rhy hen. Beth bynnag, be fysa'r clown yna'n ei wneud yn gwthio berfa mewn mynwent?' meddai gan chwerthin.

*   *   *

Y tro diwethaf i Abel Morgan wthio berfa, roedd yn filwr yng Ngogledd Iwerddon yn ceisio sleifio dros y ffin o'r Weriniaeth. Roedd cyrch i gipio un o arweinyddion yr IRA wedi mynd yn flêr a phawb wedi gorfod ffoi. Cawsant eu siarsio nad oedd neb i fod i gael eu dal, yn enwedig yr awdurdodau gan y byddai hynny'n cychwyn ffrae wleidyddol anferth rhwng y Weriniaeth a Phrydain. Felly doedd dim amdani ond cerdded 'nôl a cheisio osgoi cael ei arestio.

Ddeg milltir o'r ffin fe welodd hen ferfa mewn ffos, ac wedi trwsio'r olwyn a thynhau ambell sgriw, fe'i llanwodd â cherrig a dechrau ei gwthio'n bwyllog am y ffin. Aeth dwsinau o geir heddlu'r *Garda* a'r fyddin heibio, ac ambell gar yr amheuai eu bod yn cario dynion yr IRA. Ond wnaeth neb edrych eilwaith arno; wedi'r cyfan, pwy fuasai'n ceisio cuddio rhag yr heddlu trwy wthio berfa lwythog?

Gwelodd Abel Morgan fod car yr heddlu yn cadw golwg achlysurol ar y ffordd i'r fynwent, ond yn y pellter fe welai hofrennydd hefyd a gwyddai y gallai camerâu honno weld am filltiroedd. Nid oedd wedi gweld neb arall eto, ond teimlai ym mêr ei esgyrn fod rhai eraill hefyd yn gwylio'r fynwent. Plediodd eto ar i Dafydd newid ei feddwl ynghylch gweld y bedd, i fynd rywdro arall, ond fe wrthododd hwnnw – roedd mor benderfynol â phlentyn wedi pwdu.

Nid oedd ganddo amser chwaith i sgowtio'r ardal gan fod arnynt angen mynd ar drywydd y Casglwr i Ardal y Llynnoedd y diwrnod canlynol. Penderfynodd y buasai'n rhy beryglus i fynd yno yn ystod y dydd gyda Dafydd, felly doedd dim dewis ganddo. Arhosodd tan ei bod yn dechrau nosi cyn symud ymlaen.

Cofiodd gyngor gan un o'i hyfforddwyr flynyddoedd maith yn ôl. 'Mewn sefyllfa beryglus a chithau'n ceisio cuddio, y dacteg orau ambell waith ydi gwneud yn siŵr fod pawb yn eich gweld ond ddim yn eich amau. Felly symudwch yn araf, ond gwnewch yn siŵr bod gennych reswm dros hynny. Gwthiwch ferfa, er enghraifft, neu yrru gwartheg neu ddefaid.' Ar y ffordd i'r fynwent fe brynodd Abel ferfa newydd, y fwyaf oedd yn y siop, yn ogystal â rhaw a *tarpaulin* trwchus, gwyrdd.

Nawr roedd y rhaw yn pwyso ar dop y ferfa ac ynddi, o dan y *tarpaulin,* roedd Dafydd wedi cyrlio'n belen. Bu Abel yn siopa hefyd mewn tair archfarchnad wahanol gan brynu dau ffôn symudol, un ymhob siop, ar gynllun talu-wrth-fynd. Gorffwysai un yn ei boced ef ac un arall yng nghôt Dafydd, a defnyddiai'r ddau ddyn wifren fechan yn eu clustiau i wrando a siarad.

Poenai nad oedd wedi treulio digon o amser yn archwilio'r fynwent gyda sbienddrych, ond gwnaeth orau y gallai. Fe welodd ddau ddyn yn tyllu bedd ac ambell ymwelydd arall, diniwed yr olwg, yn ogystal ag ymweliadau achlysurol yr heddlu. Er na welodd ddim byd amheus, roedd wedi cuddio un o'r beics modur yn y cae tu ôl i'r fynwent ar ôl ei wthio yno drwy ffos. Bu'n lladdfa, ond gwell oedd paratoi ar gyfer yr annisgwyl.

Cyrhaeddodd at y giât, gosododd y ferfa i lawr ac

ystwytho'i gefn yn araf â'i ddwylo gan astudio'r tir o'i amgylch yn ofalus. Plygodd fel petai'n troi sgriw ar yr olwyn, gan syllu'n hir ar y fynwent cyn agor y giât a chamu i'r fynwent. Buasai oedi'n rhy hir yn tynnu sylw.

Cyflymodd ei galon pan welodd y car yn y pellter ar ochr y dyffryn am y tro cyntaf. Gan nad oedd ffordd yn arwain at y goeden, un ai roedd ymwelydd ar goll ynddo, neu gariadon o bosibl yn chwilio am lonydd – neu rywun yn disgwyl amdano. Wrth gerdded at y fynwent astudiodd y ddau ddyn oedd yn tyllu'r bedd. Yn gynharach, dim ond copaon eu pennau oedd yn y golwg a rhaw yn taflu ambell lwmp o bridd. Nid oedd car na fan ganddynt.

Nawr gallai eu gweld yn glir gan eu bod wedi dringo o'r bedd ac wedi gorffwys eu hoffer ar garreg fedd gyfagos i smygu sigarét. Sylwodd mai esgidiau rhedeg drud oedd am eu traed, yn hytrach nag esgidiau gwaith, ac roedd y ddau wrthi'n galed yn ceisio glanhau'r pridd a'r mwd oddi arnynt gan regi. Gwisgent festiau llachar gweithwyr y cyngor, ond dillad dinas oedd amdanynt, nid dillad gweithwyr a dreuliai bob diwrnod allan ymhob tywydd yn gwneud gwaith corfforol caled. Oedd y ddau yma wedi'u harfogi, tybed?

Teimlodd yn falch iddo dapio'r llawddryll *Glock 17* a dau fagasîn ychwanegol o fwledi i waelod y ferfa. Gwyddai ei fod wedi gwneud camgymeriad, ond roedd yn rhy hwyr i droi 'nôl. Gwaeddai pob greddf arno ei fod wedi cerdded ar ei ben i drap.

Y Bedd

Y trydydd bwletin newyddion am y llofrudd oedd wedi dianc o'r carchar a wylltiodd y Casglwr wrth iddo baratoi ei ginio. Roedd wedi prynu copïau o bob papur newydd y diwrnod hwnnw, ar ôl clywed y newyddion ben bore. Ond erbyn canol dydd roedd arno angen gwybod y diweddaraf.

Wrth neidio o orsaf i orsaf sylwodd fod pob bwletin yn sôn am Dafydd Smith fel llofrudd peryglus. Sonient hefyd ei fod dan amheuaeth o gipio a llofruddio nifer fawr o bobl eraill yng ngogledd Cymru dros y blynyddoedd. Byddai pob bwletin yn cynnwys y rhybudd na ddylai neb fynd yn agos ato gan ei fod mor beryglus.

'Ond prin roedd o'n medru cerdded, heb sôn am helpu i gael gwared ar deithwyr a sipsiwn dros y blynyddoedd hynny. Pwy goblyn maen nhw'n feddwl ydi o? Bachgen 'di hwn a dim arall. Fi sydd wedi'i greu o, fi sydd wedi'i roi yn y sefyllfa hon, a rŵan y fo sy'n cael y sylw i gyd!'

Sylwodd y Casglwr ei fod wedi gweiddi'n uchel dros y tŷ ac roedd wedi trywanu'r gyllell finiog a ddefnyddiai i blicio tatws mor galed i'r bwrdd nes iddi dorri'n ddau ddarn. Rhegodd wrth ei thaflu ar draws yr ystafell. Eisteddodd wrth y bwrdd gyda'i ben yn ei ddwylo. Beth yn y byd oedd wedi digwydd?

Gwyddai ei fod yn flin. Na, cywirodd ei hun, roedd yn lloerig tuag at Dafydd am ddod ar ei ôl i'w erlyn a'i orfodi i ddianc am ei fywyd o ogledd Cymru. Roedd yn gas ganddo fod Dafydd wedi dwyn y sylw i gyd; roedd wedi meddwl, wrth ei fframio am lofruddiaeth fel hyn, y byddai popeth yn distewi. Ond nawr roedd wedi dianc, ac yn ddistaw bach roedd y Casglwr yn gwybod ei fod yn poeni hefyd. Sut yn y byd roedd y bachgen ifanc 'na wedi llwyddo i ddianc o garchar diogelwch uchel fel yna, a hynny heb help gan neb? A oedd e wedi gwneud camgymeriad gyda Dafydd, ac wedi tanbrisio'i allu?

Roedd yn difaru iddo anfon y cerdyn post at Dafydd yn y carchar, a hwnnw'n dangos ddarlun o'r ardal lle roedd yn byw ar hyn o bryd. Dyna pam ei fod mor flin. Gwnaeth gamgymeriad anferth yn anfon hwnnw, a phwy a ŵyr, gydag amser fe allai hyd yn oed ddod o hyd i'r lle roedd yn byw? Wedi'r cyfan doedd gan Dafydd Smith ddim byd i'w golli, a dim byd arall i'w wneud yn awr ond ceisio dal y person oedd yn gyfrifol am iddo gael ei anfon i garchar.

Cododd y Casglwr ar ei draed a mynd am y drws. Gan fod y llenni ynghau fel arfer, caeodd ei lygaid rhag yr heulwen wrth gamu i'r iard tu allan. Anadlodd yn ddwfn ac edrych o'i amgylch. Roedd ei gartref newydd yn teimlo mor gysurus, ond nawr teimlai fel petai mewn trap. Camodd 'nôl i'r gegin gan ddiolch yn dawel fod y mesurau diogelwch diweddaraf ganddo. Ond roedd yn rhaid edrych ymlaen yn awr, a chynllunio'n ofalus rhag ofn i'r gwaethaf ddigwydd. Yna clywodd eitem olaf y bwletin newyddion ar y teledu,

'Felly mae'r heddlu'n dal i chwilio ac yn ffyddiog y bydd y llofrudd Dafydd Smith dan glo eto cyn bo hir. Elen Davies, carchar Walton, Lerpwl.'

Pam fod yr enw yna yn canu cloch? Cafodd gip ar y

ferch yn sefyll tu allan i'r carchar fel delw am eiliad neu ddwy cyn i'r llun symud 'nôl i'r stiwdio. Roedd yn ei hadnabod, roedd yn siŵr o hynny. Yna cofiodd. Hi oedd yn gweithio ar y papur newydd gyda'r gohebydd, ac roedd wedi'i dilyn am gyfnod wrth gynllunio sut i ddelio gyda Smith y tro cyntaf.

Penderfynodd mewn eiliad beth roedd am ei wneud. Tybed a allai efelychu'r tric gwreiddiol? Aeth at y ffôn gyda'i gynllun yn siapio'n gyflym. Byddai'n hawdd dod o hyd i ble roedd Elen yn aros.

*   *   *

'Dafydd, 'ryn ni yn y fynwent, ond paid â symud nes mod i'n dweud. Mae yna o leiaf ddau ddyn yma a 'dyn nhw ddim yn cario blodau. Wy'n meddwl eu bod nhw'n arfog. Fe alla i weld car yn y cae nesaf hefyd, felly bydd yn barod i ddianc fel 'yn ni wedi trefnu. Ond rwy am geisio twyllo.'

Siaradodd Abel Morgan yn ddistaw i'r meic bychan oedd ar y wifren tu mewn i'w gôt, a chlywodd 'ok' tawel yn ateb.

Gwthiodd y ferfa'n bwyllog gan astudio'r ddau weithiwr trwy gornel ei lygad. Wedi iddynt edrych arno unwaith roedd y ddau wedi colli diddordeb ynddo ac wedi troi eu sylw 'nôl at geisio glanhau eu sgidiau. Roedd Abel wedi penderfynu sut roedd am ddelio gyda'r rhain. Gallai eu clywed yn glir.

'Dwi wedi cael llond bol. Dwi am ddweud wrth George nad ydi hyn yn deg o gwbl. Mae'r sgidiau 'ma'n werth cant a hanner o bunnoedd ac wedi difetha'n llwyr.

Be dwi fod i wisgo heno? A finna fod i weld y Lynne 'na eto,' cwynai'r talaf o'r ddau, oedd newydd ddathlu'i ben-blwydd yn bedair ar bymtheg. Syllai'n flin ar ei esgidiau.

'Well iti gau dy geg, Chris,' rhybuddiodd Nigel Johnson gan edrych dros ei ysgwydd ar y car dan y goeden. 'Os clywith un o'r ddau yna chdi'n cwyno, mi fyddi di'n cael edrach mlaen am gyfnod hir yn yr ysbyty. A fysa dim gwaith i chdi wedyn, felly dim mwy o *dates* gyda merched fel Lynne. A beth bynnag, wnest ti ddim talu ceiniog am y sgidia 'na – eu dwyn nhw wnest ti o'r siop 'na ar stryd Gresham,' meddai gan chwerthin.

'Taw Nigel, ti'n meddwl bod chdi'n gwybod y cwbl on'd wyt, ond mae arnat ti ofn George gymaint â neb,' arthiodd Jason.

Daeth Abel Morgan o hyd i'r fan lle roedd y cerrig beddau mwyaf diweddar, a daliai i glustfeinio'n ofalus. Roedd ambell groes bren yn ymyl y rheiny gan nad oedd teuluoedd y bobl hynny wedi cael amser i osod cerrig beddau eto. Dyna dynnodd ei sylw gyntaf at y ddau weithiwr. Roeddent yn tyllu twll ymhell o'r beddau diweddaraf, bron wrth ymyl y fynedfa.

'Dafydd. Gwranda'n ofalus. Pan dwi'n gosod y whilber i lawr, dwi am ei rhoi ar ei hochr. Dwi eisiau iti rowlio allan yn araf. Paid poeni, fydd neb yn gallu dy weld os arhosi di yn dy gwrcwd. Bydd bedd Anna ddwy res ymlaen ac i'r chwith. Paid â gwastraffu amser. A chofia ddweud wrtho i pan ti 'nôl wrth y whilber.'

Gyda'r rhybudd yna, gosododd Abel y ferfa i lawr gan hanner baglu nes ei bod wedi troi ar ei hochr. Wrth godi defnyddiodd ei law chwith i dynnu'r gwn a'r bwledi ychwanegol oedd oddi tani. Stwffiodd y gwn i gefn ei drowsus wrth droi a rhoi'r bwledi yn ei boced. Trodd a cherdded at y ddau weithiwr gan grymu'i gefn a phesychu'n gras. Roedd ei galon yn curo'n galed ac anadlai'n ddwfn. Os oedd reiffl neu sbienddrych gan y rhai oedd yn y car, yna roedd Abel a Dafydd mewn trwbl.

*   *   *

Er bod ei goesau wedi cyffio a'i gefn yn glwstwr o gleisiau poenus ar ôl taro yn erbyn ochr fetel y ferfa am y filltir olaf, arhosodd Dafydd yn ei gwrcwd. Cymerodd eiliadau hir i'w lygaid gynefino â'r golau llachar cyn iddo weld y rhesi o gerrig beddau. Cyfrodd y rhesi a dechrau llusgo'i hun ymlaen yn araf ar ei stumog. Cadwodd gymaint ag y gallai yn y cysgod gan glywed lleisiau yn rhywle, ond heb fod yn rhy agos. Rhaid mai'r rheiny oedd y gweithwyr y soniodd Morgan amdanynt. Gobeithiai ei fod e'n delio gyda'r rheiny.

Yn ddirybudd, sylweddolodd ei fod yn gorwedd ar fedd ei gariad a lofruddiwyd. Carreg fedd ddu oedd hi gyda dim llawer mwy na'i henw a'i dyddiad geni a marw wedi'u cerfio'n gelfydd i'r llechen. Ni sylwodd fod ei draed yn y golwg i unrhyw un fyddai'n edrych ar y fynwent wrth iddo droi ar ei ochr ar y bedd.

'A gymerwyd oddi wrthym yn greulon o gynnar.' Y geiriau syml hyn oedd yr unig beth a sylwai arnynt yn awr. Am y tro cyntaf ers marwolaeth ei fam, daeth dagrau i'w lygaid a phenderfynodd y byddai'n dial am ei golled. Trwy'r llu o atgofion a lifodd drosto, rhai'n felys a rhai'n boenus, clywodd gorn car yn canu. On'd oedd pobl yn amharchus mewn mynwent fel hon, meddyliodd.

*   *   *

Yn y car rhoddodd Mitchell y gwydrau 'nôl i George. Bu'n astudio'r baw ar ddillad Nigel a Chris yn y fynwent. Aeth George ati i sgubo'i olygon dros y tir unwaith eto. Yn dawel bach roedd ofn McKay arno ac nid oedd am wneud unrhyw gamgymeriad.

'Iesu! Mae rhywun yn y fynwent, yn gorwedd wrth un o'r beddau! Doedd o ddim yno funud yn ôl. O lle goblyn y daeth hwnna?' gwaeddodd George wrth sythu a phwyso mlaen yn ei sedd gan daro'r cwpan ac arllwys te dros ei drowsus. Rhegodd gan geisio codi o'i sedd, sychu'r llanast a dal i edrych drwy'r gwydrau. Gwelai'n glir ddwy droed ger un o'r beddau ac roeddent yn symud. Gan fod y person yn cysgodi tu ôl i garreg fedd, welai o ddim byd arall. Pwy fyddai'n cuddio mewn mynwent? Rhaid mai Smith oedd yno.

'Smith ydi o, mae o yn y fynwent! Tania'r car – gwell i ni fynd i lawr yno ar unwaith,' gorchmynnodd, gan sylweddoli'i gamgymeriad yr un eiliad. Buasai'n cymryd o leiaf bum munud i yrru 'nôl dros y cae ac yna i lawr at y fynwent. Rhegodd. Roedd Mitchell wedi rhewi i'w sedd gan edrych o wyneb cynddeiriog George 'nôl i'r fynwent fel petai'n gwylio gêm o dennis.

'Tania'r car, er mwyn y nefoedd. Dos yn syth i lawr i'r fynwent; mi ddringwn ni dros y clawdd.'

Tynnodd George ei ffôn o'i boced cyn ailfeddwl gan estyn dros Mitchell a phwyso'n galed ar y corn.

*   *   *

'Tybed oes 'da chi sigarét y galla i fenthyg, bois? Dwi wedi gorffen fy rhai i ac yn tagu ar ôl gwthio'r hen whilber yma yr holl ffordd. Dyw'r tywydd twym yma yn dda i ddim i fi, ond mae e'n siŵr o fod o yn well na'r gaeaf. Mae'n yffarn o job codi yn y tywydd oer on'd yw hi? A dwi'n hoffi sigarét ben bore, beth bynnag yw'r tywydd – a gyda'r nos wrth gwrs.'

Sgwrsiai Morgan yn hamddenol gan grwydro o bwnc i bwnc wrth nesáu at y ddau weithiwr. Gwenai'n garedig arnynt wrth fyseddu'r gwn oedd yn gorffwys ym melt ei drowsus. Nid edrychodd yr un o'r ddau yn fanwl arno ac roedd Nigel yn dal i grafu'i esgidiau yn y gwair i geisio'u glanhau. Safai ef ar y chwith ac roedd wedi camu ymlaen i chwilio am wair glân. Chwalodd corn y car y tawelwch.

Trodd Nigel a Chris bron gyda'i gilydd i gyfeiriad y car gan droi eu cefnau ar yr hen ŵr, heb feddwl fod y corn yn eu rhybuddio am y perygl oedd o'u blaenau. Llamodd Morgan ymlaen gan blygu'i bengliniau a throi ei gorff i ddefnyddio'i ysgwydd chwith i roi hergwd i Chris i mewn i'r bedd. Roedd yn tynnu'r gwn o'r belt gyda'i law dde ar yr un pryd. Neidiodd yn ei ôl gan ddal i wynebu Nigel a mynd i lawr ar ei gwrcwd ac anelu'r gwn yn ei ddwy law. Syllodd hwnnw'n hurt am amrantiad cyn codi'i ddwylo. Saethodd Morgan ef ddwywaith.

Clywodd Nigel ddwy glec uchel oedd mor agos at ei gilydd nes eu bod bron â swnio fel un, a gwelodd y fflam o'r baril cyn teimlo clec galed ar ei ben-glin dde. Disgynnodd ar ei ochr gan afael yn ei ben-glin gwaedlyd a gweiddi'n uchel. Neidiodd Morgan yn ei flaen. Glaniodd ergyd galed â charn y gwn ar ben Nigel cyn troi'r gwn i wynebu'r bedd. Defnyddiodd ei law chwith i chwilio'n ddeheuig dros ddillad Nigel. Nid oedd gwn ganddo, ond roedd cyllell hir yn ei boced. Taflodd honno'n bell dros ei ysgwydd. Roedd ei weiddi wedi peidio ar ôl yr ergyd.

Clywai injan y car yn sgrechian ac yn nesáu. Gan ddal y gwn o'i flaen, cropianodd at ochr y bedd a phicio'i ben drosodd. Roedd Chris ar hanner codi ac yn griddfan gan ddal ei ysgwydd. Saethodd Morgan yntau ddwywaith yn ei goes cyn troi'r gwn i gyfeiriad y car a saethu un ergyd tuag ato.

Gyrrodd Mitchell y car ar ei ben i wal y fynwent gan gredu mai dim ond llwyni a choed bychan oedd yno. Ond roedd y rheiny'n cuddio mur cadarn o gerrig oedd wedi'i godi dros ganrif ynghynt. Gyda sgrech o fetel yn taro'r wal, a chawod o sbarcs, taflwyd cerrig i bobman fel bwledi a neidiodd Morgan am gysgod tu ôl i garreg fedd. Sglefriodd y car trwm i'r fynwent wrth i Mitchell sefyll ar y brêcs. Cafodd y gêrs eu crensian wrth iddo geisio ailgychwyn. Roedd wedi arbed ei hun rhag taro'r ffenestr trwy afael yn dynn yn yr olwyn tra oedd George wedi pwyso'n erbyn y ffenestr. Ond cafodd y ddau eu hysgwyd yn galed.

Cododd Abel ar ei draed gan sylwi ar Dafydd yn codi'i ben i syllu'n hurt dros garreg fedd. Rhedodd yn ei gwrcwd tuag ato gan droi a thanio'r bum ergyd oedd yn weddill yn y gwn at y car. Chwalodd y ffenestr ac un o'r olwynion a thyllu'r bonet a'r drysau ochr.

'Rheda! Rheda am y wal 'na a dos i'r cae. Mae'r beic modur yno. Brysia wir, neu bydd y rhain wedi dy ladd!' gwaeddodd gan oedi i gysgodi tu ôl i garreg a newid y clip bwledi'n gyflym. Anelodd eto am y car a saethu deg bwled arall mewn pum cawod o ddwy.

Roedd Mitchell newydd godi'i ben yn araf o'r tu ôl i'r

olwyn, ond nawr agorodd y drws a neidio allan. Gwasgodd George ei hun yn fflat dros y ddwy sedd gan roi'i freichiau dros ei ben i'w arbed rhag y gwydr a'r gawod o fwledi. Gorweddodd Mitchell ar ei stumog am rai eiliadau cyn codi ar ei gwrcwd a mentro taflu cip arall dros fonet y car. Teimlodd wynt dwy fwled arall yn sgubo trwy ei wallt a thaflodd ei hun 'nôl i lawr ar y pridd.

Wedi gwagio'r ail fagasîn o fwledi, roedd Morgan yn llenwi'r gwn eto gan droi i edrych ar Dafydd pan sylwodd ei fod yn dal i edrych ar y bedd. Rhedodd tuag ato gan ei lusgo ar ei draed.

'Dere yn dy flaen, y ffŵl, neu fe fyddan nhw wedi dy ladd. Rwyt ti wedi gweld bedd dy gariad, felly rheda,' meddai gan ei hyrddio yn ei flaen. Trodd i edrych eto tuag at y car a saethodd bedair ergyd arall i gadw pennau'r rhai oedd ynddo wedi'u gwasgu i'r ddaear.

Roedd Dafydd wedi hanner baglu at y clawdd, wedi dringo drosto a disgyn yr ochr arall pan glywodd glywodd o sŵn saethu. Ond roedd y sŵn yma'n wahanol. Plygodd Morgan yn reddfol wrth glywed yr ergydion, er na welai ddim byd. Rhaid bod y rhai oedd yn y car wedi saethu ergydion i ddangos bod gynnau ganddyn nhw hefyd. Neidiodd Abel Morgan dros y clawdd cyn troi a saethu pum ergyd arall i'r car cyn dilyn Dafydd ar hyd y ffos. Roedd yn poeni mwy am yr heddlu a fyddai'n siŵr o gyrraedd yn fuan iawn.

George oedd wedi tynnu lawddryll o boced ei gôt ac mewn ofn yn fwy na dim roedd wedi saethu cwpl o ergydion tua'r nefoedd trwy'r ffenestr drylliedig. Bron ar unwaith clywodd gawod arall o fwledi yn chwalu'r car a diolchodd fod injan fawr ynddi i'w gysgodi. Roedd pwy bynnag oedd yn saethu tuag atynt yn taro gyda phob ergyd, a doedd o ddim yn awyddus i gynnig targed hawdd iddo.

'Mitchell, ti'n iawn?' gofynnodd gan godi'i ben fymryn oddi ar y sedd a gweld ei gyfaill yn rowlio drosodd cyn codi bawd arno. Estynnodd o dan sedd y gyrrwr a thaflu'r gwn oedd yno allan o'r car. Gafaelodd Mitchell ynddo'n farus. 'Reit, gyda'n gilydd rŵan, mi godwn yn gyflym a saethu, iawn? Ar ôl tri.' Cododd y ddau yn ofnus ond yn gyflym, fel dwy gwningen yn chwilio am eu heliwr. Nid oedden nhw'n gallu gweld dim. Yna clywsant beiriant beic modur yn cychwyn.

Cododd Dafydd y gorchudd oedd yn cuddio'r beic modur eiliadau cyn i Morgan ei gyrraedd. Cychwynnodd hwnnw y peiriant gyda chic cyflym cyn i'r ddau ddianc – am yr eilwaith mewn pedair awr ar hugain – ar gefn beic modur.

Pennod 16

Cipio

Gadawodd Elen ei char o flaen y gwesty nid nepell o afon Mersi gan dderbyn cynnig y bachgen ar y drws i'w barcio drosti. Parciodd y car a fu'n ei dilyn hi drwy'r bore yr ochr arall i'r ffordd.

'Mi alla i ei lanhau i chi hefyd, tu fewn a thu allan. Dim ond ugain punt, ac mi fydd yn edrych fel newydd i chi, dwi'n addo,' meddai'r llanc gan wenu ar y gohebydd a welai ar y teledu yn aml. Roedd wedi arfer gyda phobl enwog yn aros yn y gwesty ond, fel arfer, edrychent trwyddo fel pe bai'n ddim ond cysgod.

'Diolch yn fawr am y cynnig, ond does dim angen i ti boeni am hwn. Car wedi'i logi ydi o. Dwi 'mond yn aros yn yr ardal dros dro. Mae fy nghar i'n saff yn y garej yn Llundain. Pan dorrodd y stori mi ges fy anfon yma ar awyren ar gymaint o frys fel na ches i ddim cyfle i bacio fy nillad hyd yn oed. Ond mi fyswn i'n ddiolchgar taset ti'n ei barcio drosta i.'

Gwenodd y bachgen arni wrth iddi gamu i fyny'r grisiau gan edrych ymlaen at fath poeth a chyfle i ymlacio. Roedd y straen o ohebu ar stori Dafydd yn dweud arni ac roedd yn cael trafferth cysgu. Taflodd olwg frysiog o amgylch y dderbynfa, hen arferiad ar ôl iddi fynychu cwrs gyda'r BBC ar ddiogelwch mewn lefydd peryglus.

Oni bai am y staff, un person arall oedd yno – dyn ifanc gwallt golau mewn siwt lwyd yn eistedd ger desg gyda phot o goffi o'i flaen. Gwelodd wifren fechan yn dod o'i glust ac edrychai fel un o'r teclynnau *iPod* yna oedd mor gyffredin bellach. Daliai bapur newydd o'i flaen. Edrychai fel dyn busnes.

'Ystafell tri naw wyth,' meddai gan estyn ei llaw tuag at y ferch ar y ddesg tra'n taflu cip ar ei ffôn symudol oedd yn ei llaw arall ar yr un pryd.

'Dyma chi, Miss Davies,' meddai'r derbynnydd wrth roi'r allwedd iddi. 'Mae yna lythyr i chi hefyd.'

Edrychodd Elen ar yr amlen gyda'i henw wedi'i deipio arno wrth roi'r ffôn 'nôl yn ei phoced.

'Diolch,' meddai gan droi'r amlen yn ei llaw wrth gerdded at y lifft. Gwasgodd y botwm gwyrdd i alw'r lifft ac agorodd yr amlen wrth ddisgwyl iddo gyrraedd. Darllenodd y llythyr, oedd ond ychydig frawddegau o hyd.

'Esgusodwch fi, ond mae'r lifft wedi cyrraedd.' Teimlodd Elen law ar ei phenelin ac ysgydwodd ei phen wrth sylweddoli bod drws y lifft yn agored o'i blaen a bod un neu ddau yn disgwyl y tu ôl iddi.

''Dach chi'n iawn? Rydach chi'n edrych yn welw iawn,' meddai'r ddynes oedrannus oedd wedi dweud wrthi fod y lifft wedi cyrraedd. 'Bysa well i chi eistedd i lawr am funud, dwi'n meddwl,' meddai gan gyfeirio gyda'i ffon at un o'r cadeiriau esmwyth lledr coch oedd wedi'u gwasgaru o amgylch y dderbynfa.

'Na, dwi'n iawn, diolch. Dim digon o gwsg a gormod o waith, dyna'r cyfan sy'n bod arna i. Ewch chi o fy mlaen,' meddai Elen gan wenu, er bod ei thu mewn yn corddi. Daliai'r amlen yn ei llaw ond roedd eisoes wedi penderfynu beth roedd am ei wneud.

Annwyl Ms Davies,

Mae gwybodaeth newydd gennyf am Dafydd, ond rwyf mewn sefyllfa anodd iawn. Rwy'n amau bod swyddogion o fewn yr heddlu yn ceisio claddu'r wybodaeth hon. Allwn ni gwrdd? Byddaf yn y maes parcio o dan y gwesty yn aros amdanoch. Alla i ddim ymddiried yn neb arall. Mae Dafydd yn dibynnu arnom ni.

Yn gywir,
Chief Supt. Ifan Llewelyn.

Cofiodd Elen gwrdd ag Ifan yn y caffi pan ddechreuwyd hela'r Casglwr, a'r sgyrsiau hir a gafodd gydag ef ar ôl i Dafydd gael ei arestio. Roedd yn ddyn roedd hi'n ymddiried ynddo. Tybed beth oedd yr wybodaeth newydd yma? Rhaid ei fod yn bwysig iawn iddo gysylltu gyda hi fel hyn. Anghofiodd bopeth am y bath roedd wedi edrych mlan ato, a gwasgodd y botwm i alw'r lifft eto i fynd i lawr i'r maes parcio. Cododd y gŵr ifanc wrth y ddesg ei law at ei geg i guddio'r ffaith ei fod yn siarad.

*   *   *

'Dwed eto, lle mae hi'n mynd?' gofynnodd John McKay. Eisteddai yn yr ystafell wely drws nesaf i un Elen ac roedd cyfrifiadur o'i flaen. Roedd wedi gosod offer clustfeinio yn ei hystafell ac ar ei ffôn symudol, ac roedd o leiaf un person yn ei dilyn drwy'r adeg.

'Mae hi wedi mynd lawr i'r garej – at ei char, siŵr o fod. Os aiff hi allan bydd raid iddi un ai ddod 'nôl y ffordd yma neu drwy'r allanfa, a bydd y criw yn y car yn ei gweld,' atebodd y dyn ifanc oedd yn eistedd yn y dderbynfa. Siaradai'n hamddenol ac roedd yn gobeithio ei fod yn creu argraff broffesiynol. Chwalwyd hynny mewn eiliad.

'Lloyd, paid â'i gadael o dy olwg am eiliad. Rhaid i rywun gadw llygad arni drwy'r adeg, dyna'r rheol. Dwi ddim eisiau rhagor o gamgymeriadau – mi gafwyd hen ddigon ddoe yn y fynwent i bara oes. Rŵan, dilyna hi a gweddïa nad ydi hi wedi diflannu,' rhybuddiodd McKay y dyn ifanc oedd newydd gychwyn gweithio iddo.

Atgoffodd ei hun i'w ddiswyddo pan fyddai'r job yma drosodd, ond roedd angen pob dyn arno yn awr. Siŵr fod rheswm digon syml pam ei bod wedi mynd lawr i'r garej danddaearol. Ond eto, roedd wedi hen ddysgu'r wers i beidio â chymryd dim yn ganiataol.

Roedd y gyflafan ddoe yn y fynwent wedi bod yn anhygoel, ond yr hyn a'i synnodd yn fwy na dim oedd na chafwyd unrhyw sôn am y digwyddiad ar y newyddion. Saethu a'u clwyfo'n ddifrifol, dau ddyn mewn mynwent, heb sôn am gar wedi'i dyllu fel rhidyll a chwalu un o waliau'r fynwent. Eto, dim gair ar unrhyw fwletin. Roedd y ffaith fod y stori'n cael ei chladdu yn ei boeni, ond roedd materion pwysiach i ddelio â nhw yn awr.

*　　　　*　　　　*

Camodd Elen i'r garej danddaearol gan edrych o'i hamgylch yn ofalus. Nid oedd y goleuadau'n gryf iawn yno. Teimlai'n ofnus ac roedd ar fin camu 'nôl i'r lifft pan sylwodd ar ei char yn cael ei barcio yn y pen draw gan y bachgen ifanc, a gwelodd olau fan yn fflachio arni. Rhaid mai hwnnw oedd Ifan Llewelyn. Camodd tuag ato'n hyderus gan gysgodi'i hwyneb â'i llaw rhag y goleuadau uwchben.

Roedd hi tua hanner can llath i ffwrdd o'r fan ac yn cerdded ynghanol y llwybr ceir i fod yn fwy diogel. Ni welai neb, ond cyflymodd ei cham; efallai bod gan Ifan wybodaeth allai ryddhau Dafydd. Buasai hynny'n helpu ei ffrind ac yn stori fawr iddi hi, stori fwyaf ei bywyd hyd yn hyn.

'*Chief Super*? Helô 'na, *Chief Super* Ifan Llewelyn? Lle rydach chi?' meddai, gan deimlo'n swil braidd wrth siarad mor ffurfiol gyda rhywun oedd ond ychydig flynyddoedd yn hŷn na hi. 'Elen Davies sydd yma, lle rydach chi?'

Ni allai weld neb yn y fan, ond roedd yn siŵr iddi weld y goleuadau'n fflachio eiliadau ynghynt. Dechreuodd droi i edrych o'i hamgylch gan feddwl bod rhywbeth yn od. Nid oedd wedi gweld neb yn gadael y fan chwaith, er iddi gadw'i llygaid wedi'u hoelio arni.

Clywodd sŵn tu ôl iddi, ond llawer rhy hwyr i wneud dim i geisio achub ei hun. Ni chafodd gyfle i sgrechian. Mygwyd hi gan gadach gwlyb a wasgwyd dros ei hwyneb tra bod rhywun yn cicio'i choesau oddi tani. Cafodd ei llusgo'n greulon yn ôl ar ei sodlau wrth iddi gicio'n ofer am ychydig. Ond ymhen dim o dro roedd y nwyon ar y cadach wedi'i tharo'n anymwybodol.

*　　　　*　　　　*

'Mae hi wedi'i chipio, mae'r targed wedi'i chipio,' sgrechiodd llais y dyn ifanc dros y radio ddwyffordd yng nghlust McKay. Safodd ar ei draed. 'Beth sydd wedi digwydd? Dwed wrtha i beth sydd wedi digwydd. Paid â gweiddi, cymer dy amser,' meddai McKay mewn llais pwyllog, er bod ei galon yn carlamu.

'Mi ddois i lawr i'r garej ac mae rhywun newydd neidio arni a'i llusgo i gefn fan. Mae o wedi cau'r drws.'

Clywai McKay swn y fan yn y cefndir dros y radio. 'Disgrifia'r fan yna'n fanwl i mi. Ble mae'r fan? Car Dau, byddwch yn barod i ddilyn targed newydd,' meddai gan rybuddio'r ail dîm i fod yn barod. Eisoes roedd yn pacio'r cyfrifiadur. Pwy bynnag oedd wedi'i chipio, fyddai o ddim yn dychwelyd i'r gwesty.

'Fan wen VW Transporter TDi, dim marciau arni, ffenestri tywyll yn y cefn.' Ni chafodd gyfle i gwblhau ei ddisgrifiad.

'Tîm dau yma. Rydan ni wedi gweld y fan ac yn ei dilyn.' Torrodd llais gyrrwr car dau ar draws y dyn ifanc yn y siwt lwyd oedd yn dal i sefyll yn stond yn y garej. Un arall oedd yn sefyll yn stond oedd y bachgen ifanc oedd newydd barcio car Elen. Yna rhedodd at y ffôn mewnol agosaf.

O fewn munudau roedd McKay yn gadael y gwesty ac yn galw ar weddill y tîm i ddilyn y fan wen oedd bellach yn anelu am y draffordd tuag at ogledd Lloegr.

'Tîm dau, dwi am i chi ddilyn y fan wen; tîm un, dwi am i chi fynd o'i blaen tua hanner milltir. Mi fydda i efo chi mewn tua deng munud. Lloyd, tyrd â'r car o'r garej a 'nghyfarfod i o flaen y gwesty. Ffonia Mitchell a George hefyd, dwi am iddyn nhw ein dilyn ni.' Oedodd i daro'i allwedd a'i gerdyn credyd ar ddesg y dderbynfa. Trodd ei gefn ar y ferch oedd yn gweithio yno a gostyngodd ei lais.

'Tîm un a dau, cadwch ddigon pell yn ôl. Dwi ddim am godi ofn arno fo, pwy bynnag ydi o, a does neb i fynd ato chwaith, ar unrhyw gyfrif. Mae'r cipio yma'n ormod o gyd-ddigwyddiad. Efallai mai dyma'r un rydan ni'n chwilio amdano.' Gwenodd McKay am y tro cyntaf ers cychwyn chwilio am y Casglwr.

Pennod 17

Ffau'r Casglwr

Sglefriodd y car ar draws y draffordd wrth i Dafydd neidio ar y brêcs ar yr eiliad olaf. Clywodd gyrn ceir a gwelai oleuadau'n cael eu fflachio arno. Bu bron iddo gael damwain gan fod ei sylw wedi'i hoelio ar y radio a dim ond ar yr eiliad olaf y sylwodd bod y car o'i flaen wedi arafu. Taflwyd Abel Morgan, oedd yn cysgu yng nghefn y fan, yn galed yn erbyn yr ochr.

'Beth yffarn ti'n wneud – wyt ti'n trio'n lladd ni? Beth wnest ti? Cwympo i gysgu?' gofynnodd Abel wrth ddringo dros y sedd i eistedd nesaf at Dafydd. Gwelodd fod wyneb hwnnw'n wyn fel y galchen, bron cyn waethed â'r noson cynt ar ôl dianc ar y beic modur. Bu'r ddau'n teithio yn y fan drwy'r nos, un yn gyrru am yn ail tra oedd y llall yn cysgu.

'Mi glywais i rywbeth ar y radio rŵan.' Roedd Dafydd bron yn sibrwd. 'Bwletin yn dweud fod un o ohebwyr newyddion y BBC wedi'i chipio o faes parcio yng nghanol Lerpwl y bore 'ma.' Ni ddywedodd Morgan air. 'Maen nhw'n dweud mai fi wnaeth ei chipio, fi! Y llofrudd peryglus! Ond dwi'n gwybod yn iawn pwy sy'n gyfrifol am ei chipio. Y fo, y Casglwr.'

'Pam ti'n meddwl hynna?' gofynnodd Abel. 'Nid dyna mae'n arfer ei wneud, nage? Cipio bodwyr a theithwyr ydi hanes . . .'

Torrodd Dafydd ar ei draws. Daliai i edrych yn syth

trwy ffenestr y fan gan yrru ar union 70 milltir yr awr gan daflu cip cyflym yn rheolaidd yn y drych i wneud yn siŵr nad oedd car heddlu yn eu dilyn.

'Dwi'n gwybod mai'r Casglwr sydd wedi'i chipio hi, achos mae o wedi gwneud hyn o'r blaen,' meddai. 'Mae o wedi cipio ffrind imi'r tro yma, Elen Davies, ac mae'n gwybod yn iawn pwy ydi hi gan ei bod hi'n gweithio gyda mi ar y *Coast Weekly* pan wnaeth o gipio Anna a'i llofruddio hi.

'Mae'n amlwg ei fod yn bwriadu gwneud hynny eto, a rhoi'r bai arna i. Ond mae o wedi gwneud camgymeriad mawr. Y tro yma, mae ganddon ni syniad reit dda lle mae o'n byw. Dim ond awr yn ôl ddigwyddodd hyn, felly dylsen ni gyrraedd mewn pryd i'w hachub.'

Gwelodd arwydd ar ochr y draffordd yn ei rybuddio ei bod yn bryd iddo droi i ffwrdd am Ardal y Llynnoedd. Byddent yno o fewn yr awr.

Heb ddweud gair, dringodd Abel i gefn y fan eto i wrando ar sganiwr oedd yn clustfeinio ar alwadau'r heddlu. Ni chlywodd ddim i awgrymu fod yr heddlu ar eu trywydd. Cododd gaead bocs metel trwm oedd yn llawn morthwylion, sgriws ac ati. Ond o dan y panel ar waelod y bocs roedd cuddfan. Tynnodd wn *Glock* du wedi'i lapio mewn cadach allan cyn rhoi'r panel 'nôl a mynd ati i lanhau'r gwn yn reddfol. Roedd wedi claddu'r gwn a ddefnyddiwyd ganddo ddoe mewn coedwig cyn cyrraedd y draffordd. Roedd wedi taflu'r ddau ffôn symudol hefyd, rhag ofn bod rhywun wedi clywed y galwadau a wnaeth.

Meddyliodd am rybudd y Cyrnol, nad oedd ef eisiau unrhyw un yn fyw i adrodd yr hanes. Roedd y ffaith y byddai Elen Davies yno yn cymhlethu'r sefyllfa. A fyddai'n rhaid ei lladd hithau hefyd? A sut roedd am ddelio gyda'r Casglwr, gan fod Dafydd angen ei gadw'n fyw ac yntau dan orchymyn clir i'w ladd? Byddai'n rhaid cadw Dafydd allan o'r tŷ rhywsut. Ond fe groesai'r bont honno pan gyrhaeddai hi. Defnyddiodd un o'r ffonau symudol i rybuddio'r Cyrnol lle roedd am fynd. Yna cododd y panel eto ac estyn am wn arall. Gwyddai iddo fod yn lwcus yn y fynwent, a phwy a wyddai beth oedd yn eu disgwyl yn ffau'r Casglwr? Efallai y byddai angen help arno. Roedd yn amser i Dafydd gael gwers ar sut i saethu.

*   *   *

Cyrhaeddodd y Casglwr y tŷ ar ddechrau'r prynhawn. Ni wyddai a oedd wedi gwneud camgymeriad yn dod yn ôl i'r ardal. Ond bellach nid oedd dewis ganddo. Taflodd y ferch anymwybodol dros ei ysgwydd a'i chario i un o'r ystafelloedd gwely. Gadawodd hi yno wedi'i rhwymo i'r gwely gyda gefynnau.

Aeth i lawr y grisiau a gwneud yn siŵr bod pob ffenestr a drws wedi'u cloi, a chaeodd y llenni. Yna fe aeth allan i gerdded o amgylch y tir i ymgynefino'n iawn â'r lle rhag ofn y byddai'n rhaid ffoi eto. Dychwelodd i'r tŷ gan gloi'r drws a diffodd y goleuadau. Tolltodd ddŵr oer o'r tap i gwpan de a'i yfed ar ei ben. Roedd cyffro'r cipio a ffoi o'r ddinas wedi ei flino'n lân ac fe aeth i gysgu gyda'i ben ar ei freichiau ar fwrdd y gegin. Gorffwysai'r gyllell hir o fewn cyrraedd i'w law dde.

*   *   *

121

Erbyn canol y pnawn dim ond un cartref oedd ar ôl ar restr Morgan o'r llefydd posib y gallai'r Casglwr fod wedi'u prynu. O'r disgrifiad a gafwyd ohono yn y siop leol, roedd yn debyg iawn i'r hyn a gofiai Dafydd o'i gyfarfod gwreiddiol gydag ef 'nôl yn Nyffryn Conwy.

'Reit, dwi am i ti barcio'r fan yma a gwell i ni fynd at y tŷ drwy'r goedwig yma ar yr ochr dde,' meddai Abel gan gyfeirio at fap oedd ar ei lin. Roeddent wedi gyrru ar hyd ffordd fechan i ganol coedwig ar ôl i Abel dorri'r gadwyn oedd ar y giât.

'Ar ôl yr hyn ddigwyddodd ddoe, dwi am iti gofio gwrando ar bopeth dwi'n ddweud ac ufuddhau heb holi. Gwna di gamgymeriad arall fel yn y fynwent ddoe, ac os na fyddan nhw wedi dy ladd, mi wna i dy saethu di fy hun. Ti'n deall?' Edrychai'n galed ar Dafydd. Tynnodd ei wn o'i boced ac ymsythodd Dafydd yn ofnus.

'Paid â phoeni, dwi ddim am dy saethu, ond dwi'n meddwl y byddai'n syniad da iti ddysgu sut mae defnyddio un o'r rhain. Dim ond rhag ofn. G*lock -17* ydi'r gwn yma, ac mae'n un o'r gynnau symlaf ond cywiraf ei anel yn y byd. Deg bwled 9mm yn y carn, a dim ond symud y botwm yma i'w baratoi i saethu.' Dangosodd y botwm iddo uwchlaw lle'r oedd ei fawd yn gafael yn y carn.

'Reit. Mas â ni; well iti gael saethu ambell ergyd yn gyntaf,' meddai wrth agor y drws. Dringodd y ddau allan o'r fan a dangosodd Abel i Dafydd sut i afael yn y gwn.

'Defnyddia ddwy law, cadwa dy goesau ar wahân, a phlyga nhw damed bach, fel petait ti ar gefn ceffyl. Anela'n syth i lawr y baril a paid â thrio bod yn glyfar. Anela am ganol y corff bob amser. Ymlacia dy freichiau, gollwng dy wynt mas yn araf, caea un llygad a gwasga'r *trigger*. Paid â'i dynnu neu byddi di'n codi trwyn y gwn yn rhy uchel.' Taniodd ddwy ergyd gyflym nes bod darnau o bren yn tasgu oddi ar y goeden o'i flaen. 'Reit, ti nawr. Gwna bopeth fel dwi newydd ei wneud.'

Gafaelodd Dafydd yn y gwn. Roedd y lwmp o fetel a phlastig yn ysgafnach na'r hyn roedd wedi ei ddisgwyl. Efelychodd ddull Morgan o afael yn y gwn, caeodd un llygad a dychmygodd fod y Casglwr yn sefyll o'i flaen. Saethodd.

*   *   *

Ers iddo derbyn yr alwad gyntaf gan McKay, roedd Syr Marcus wedi bod ar bigau'r drain. Gohiriodd bob cyfarfod gan ddweud ei fod yn sâl, cyn pacio'i fag a dweud wrth ei yrrwr eu bod yn mynd ar daith hir.

'Paid â defnyddio'r car arferol,' rhybuddiodd ef. 'Anfona rywun arall i yrru hwnnw o amgylch Llundain am y diwrnod. Dwi am i ti gwrdd â mi yn yr orsaf honno yn nwyrain Llundain. Ond gwna'n siŵr nad oes neb yn dy ddilyn.'

Yna meddyliodd eto dros fanylion yr ail alwad a dderbyniodd gan McKay.

Roeddent wedi dilyn person anhysbys oedd wedi cipio'r gohebydd newyddion, a arferai weithio gyda Dafydd Smith, i dŷ gwledig mewn dyffryn coediog yn y gogledd. Edrychai tua'r un oed â'r person roeddent yn chwilio amdano, a chytunai ei bod yn debygol iawn mai hwn oedd y dyn, Louis Cypher. Ond rhybuddiodd McKay nad oedd neb i fynd yn agos ato ac roeddent i wneud yn siŵr nad oedd neb arall yn ymyrryd gydag ef chwaith.

123

Poenai fod rhywun arall ar ei drywydd, ond dywedodd McKay fod tîm o chwe dyn arfog ganddo yn gwarchod y tŷ unig. Nid oedd yn poeni beth ddigwyddai i'r gohebydd. Gwyddai y cymerai rai oriau iddo gyrraedd yno, ond rhoddai hynny amser iddo gynllunio beth roedd am ei ddweud.

Cam cyntaf ei daith oedd dal y tiwb tanddaearol trwy ganol Llundain i geisio colli pwy bynnag oedd yn ei ddilyn. Ni welodd neb, fel arfer, ond gwell gwneud yn siŵr. Wedi dal pum trên gwahanol, cyfarfu gyda'i yrrwr ger gorsaf Upton Park yn ardal ddwyreiniol Llundain. Roedd car cyffredin ganddo.

Ond er eu holl ofal, roedd y tîm o wylwyr o'r gwasanaeth cudd wedi dilyn y ddau yr holl ffordd. O fewn deng munud roedd y Cyrnol wedi gorchymyn bod tîm arall i'w ddilyn ar y draffordd a bod dau dîm o filwyr o'r SAS wrth law i'w cynorthwyo.

*   *   *

'Rydan ni am ddringo drwy'r to,' meddai Morgan wrth astudio'r tŷ diarffordd trwy ei sbienddrych cryf. Sylwodd fod y llenni wedi'u cau ymhob ystafell. Gwelai fod cloeon trwm ar ddrws y tŷ yn ogystal â'r garej.

Edrychai'r ffenestri gwydr dwbl fel petaent yn newydd ac roedd yn siŵr y byddai'r rheiny wedi'u cloi hefyd. Uwchben y drws cefn yn nhalcen y tŷ roedd bocs gwyn gydag enw cwmni diogelwch yn rhybudd arno. Ond y camerâu diogelwch a dynnodd ei sylw. Roedd bylb coch arnynt oedd yn eu galluogi i weld yn y tywyllwch. Eto, ni allent wylio pob cornel drwy'r adeg.

'Mae hwn wedi paratoi'n ofalus i wneud yn siŵr ei bod yn anodd iawn torri i mewn i'r tŷ, a gan fod dy ffrind wedi cael ei chipio ganddo, mae'n hollbwysig ein bod yn gwneud hynny heb ei rybuddio. Y to amdani, felly. Mae'r boi yma wedi gwario ffortiwn yn diogelu'r tŷ, ond mae wedi anghofio am y to. Codi ambell lechen, ac rwyt ti yn yr atig ac yn y tŷ, a neb ddim callach.

'Cofia, unwaith y byddwn ni wedi cychwyn, dim gair. Dilyna f'arwyddion i. Fe wnân nhw achub dy fywyd. Gobeithio nad oes ofn dringo arnat ti,' meddai wrth Dafydd.

Gorweddai ef wrth ei ochr wedi'i wisgo yn yr un dillad gwyrdd tywyll. Gallai deimlo'r gwn oedd wedi'i wthio'n dynn i'r belt am ei ganol.

Cododd Abel heb air a rhedeg yn ei gwrcwd o gysgod y coed i dalcen y tŷ. Gafaelai yn ei lawddryll gan ei anelu at y ddaear. Gwasgodd ei gorff yn dynn yn erbyn y wal a cherdded yn araf i ochr y tŷ lle roedd peipen ddŵr fetel. Gwthiodd y gwn i'w boced a defnyddio'r beipen i ddringo'n chwim i do'r tŷ. Unwaith roedd ar ei gwrcwd ar y to llechi, tynnodd raff oedd wedi'i chlymu dros ei ysgwydd a gollyngodd un pen i'r llawr. Cododd ei fraich fel arwydd a dilynodd Dafydd ef. Ymhen munudau roedd yntau hefyd ar y to, yn fyr ei anadl a'i stumog yn troi.

Defnyddiodd Abel forthwyl a chŷn i godi'r llechi fesul un gan eu gosod yn y rycsac wag oedd ar gefn Dafydd. Roedd y gwynt yn oerach yma a chrynai Dafydd, er ei fod yn chwysu hefyd. Gwelai'r tir o'i amgylch yn glir yng ngolau hwyr y pnawn.

O fewn munudau roedd Abel yn defnyddio cyllell gyda llafn fel llif i dorri drwy'r gwlân a'r pren ysgafn oedd o dan y llechi. Defnyddiodd fflachlamp i gymryd cip i mewn i'r atig cyn ei ollwng ei hun yn ofalus drwy'r twll. Dilynodd Dafydd ef gan blannu'i draed yn ofalus ar y trawstiau pren a ddangosai Morgan iddo gyda'i fflachlamp. Tynnodd y llechi o'r rycsac a'u gadael ar y llawr tra oedd Morgan yn chwilio am y panel yn y llawr i fynd allan o'r atig.

Wedi dod o hyd i hwnnw a gwrando'n astud am funud, gollyngodd Morgan ei hun yn dawel trwyddo. Gosododd Dafydd y panel yn ôl yn ei le. Roedd wedi llwyddo – roedd wedi torri i mewn i gartref y Casglwr!

Curai ei galon yn galed. Teimlodd y gwn yn ei wregys eto. Roedd bron â dal y Casglwr. Ond roedd Morgan wedi'i rybuddio mai rhan olaf y cyrch fyddai'r beryclaf. Roedd yn rhaid dal y Casglwr a'i rwystro rhag lladd Elen. Felly roedd Morgan am fynd drwy'r tŷ ar ei ben ei hun, ac nid oedd Dafydd i ddod i'w helpu oni bai fod Morgan yn galw amdano ar y ffôn.

'Mi fydd yn saffach i fi chwilio drwy'r tŷ fy hun. Dwi wedi hen arfer gwneud hyn,' meddai pan oedd Dafydd ar fin mynnu ei fod yntau eisiau dod hefyd. 'Bydd yn saffach i ti, i fi ac i Elen. Ond dwi am i ti ddod i'r atig rhag ofn i rywbeth fynd o'i le. Os oes rhywbeth yn digwydd, cofia ei saethu fe yn gyntaf a holi wedyn. Lladda fe heb feddwl eilwaith os wyt ti am arbed dy ffrind.'

Roedd rhybudd Abel, wrth iddyn nhw baratoi awr yn gynharach, yn dal yn fyw yng nghof Dafydd.

Ni chlywai ddim, ac roedd yn chwysu'n drwm. Bron nad oedd arno ofn anadlu ac wrth i'r eiliadau fynd yn funudau hir a phoenus, meddyliodd, beth petai Morgan wedi cael ei ddal? Beth os cafodd ei drechu gan y

126

Casglwr? Tynnodd y gwn o'i wregys er gwaetha'r rhybudd, a gwthio'r botwm i'w baratoi i saethu. Bu bron iddo â'i saethu mewn camgymeriad pan glywodd lais Morgan yn ei glust.

'Dere lawr. Mae'r tŷ yn wag, does neb yma. Rwy ar y llawr isaf. Mae'n edrych fel petai e wedi bod yma'r bore 'ma, ond mae e wedi ffoi rywdro yn ystod y dydd, ar ôl cipio Elen, mae'n siŵr.'

Rhoddodd Dafydd y gwn 'nôl yn ei wregys cyn dringo i lawr o'r atig. Nid oedd rhaid i Abel ddweud dim, ond gwyddai Dafydd beth oedd ar ei feddwl. Oni bai iddo fynnu mynd i'r fynwent i weld bedd Anna, byddent wedi dal y Casglwr ddoe. A byddai Elen yn ddiogel. Nawr roedd rhaid dechrau eto, o'r dechrau. Pam na fyddai wedi gwrando ar gyngor Abel?

Camodd Dafydd i'r gegin yn teimlo fel petai am chwydu. Gwelai bentwr o bapurau newydd ar y bwrdd a safai Abel gyda'r ffôn yn ei law. Edrychodd Dafydd trwyddynt.

'Dwi ddim yn meddwl ei fod yn disgwyl i ni fod wedi dod o hyd i'w gartref mor gyflym,' meddai Abel. 'Dwi newydd checio pa rifau sydd wedi cael eu deialu ddiwethaf, ac mae dau ohonyn nhw'n rhai nad ydw i ddim yn gyfarwydd â nhw. Ti'n gwybod pa ardal ydi'r cod 01492?' gofynnodd.

Roedd Dafydd yn gwybod yn syth – wedi'r cyfan, arferai gadw dwsinau o rifau o'r ardal honno ar ei gof flynyddoedd yn ôl, yn ei gyfnod ar y papur lleol.

'Dyffryn Conwy,' meddai mewn syndod. 'Mae'r Casglwr wedi mynd 'nôl adref.'

Cyngor

Byseddodd McKay y reiffl wrth bwyso ar y goeden lle gallai weld y tŷ yn glir wrth iddi nosi. Nid oedd wedi gweld neb yn symud yno ers i'r gŵr gerdded o amgylch y tir yn fuan ar ôl cyrraedd. Gwisgai hen lifrai milwr ac roedd yn bwyta cnau a ffrwythau sych o'r paced oedd ym mhoced ei drowsus. Yfodd o'r botel oedd mewn poced ar ei felt. Cymerodd gipolwg sydyn dros ei baratoadau.

Roedd dau ddyn mewn car wedi'i barcio tu ôl i'r giat oedd yn agor i'r ffordd fawr. Clodd y giât ac roedd wedi gorchymyn nad oedd neb i fynd i mewn nac allan. Anfonodd Lloyd a gŵr arall i gadw golwg ar gefn y tŷ ac i gerdded 'nôl a mlaen yno. Ar ôl y gyflafan yn y fynwent, roedd wedi eu rhybuddio i gadw golwg barcud ar y tir. Roeddent i ddweud yn syth os gwelent unrhyw un, waeth pa mor ddiniwed bynnag yr olwg.

Yna roedd Mitchell a George yn cerdded trwy'r coed o amgylch y tŷ. Sicrhaodd McKay fod pawb yn arfog ac yn cadw mewn cysylltiad gyda radios bychan dwyffordd. Ni wyddai'r dyn yn y tŷ eto, ond roedd yn garcharor ac ni fyddai modd iddo byth symud oddi yno. Gan ei bod hi'n nosi roedd yn amser peryclach, felly siarsiodd bawb eto dros y radio i gadw'n effro. Llyncodd ddwy dabled *caffeine* cyn dechrau cerdded yn araf o amgylch y tŷ.

Roedd Syr Marcus ar ei ffordd, a dylai fod yno o fewn awr neu ddwy. Unwaith y byddai wedi cwrdd â'r gŵr, yna byddai bonws hael yn cael ei dalu'n syth i gyfrif banc McKay yn y Swisdir. Ond ni chaniataodd iddo'i hun ddechrau breuddwydio am hynny eto. Dyna'r camgymeriad a wnaed yn y fynwent ac roedd yn benderfynol na fyddai neb yn chwalu'r cynllun hwn nawr.

*   *   *

'Dwi am wneud hyn yn hollol glir, capten. Does neb i ddianc o'r safle'n fyw. Pan gewch eich gorchymyn i fynd i mewn, defnyddiwch y grym eithaf.'

Siaradai'r Cyrnol gyda chapten y tîm o filwyr o'r lluoedd arbennig oedd yn disgwyl am ei orchymyn yn eu pencadlys yn Henffordd.

'Terfysgwyr eithafol ydi'r rhain sydd wedi bod yn gyfrifol am nifer o fomiau a llofruddiaethau ym Mhrydain ac yn Ewrop dros y misoedd diwethaf. Dwi am anfon neges glir i'w cyd-gynllwynwyr. Marwolaeth fydd yn eu disgwyl os ydyn nhw'n ddigon ffôl i barhau gyda'u hymgyrch. A fydd neb yn cael achos llys chwaith – dwi ddim am i *neb* gael cyfle i wneud arwyr na merthyron o'r rhain yn y wasg.'

Oedodd y Cyrnol am eiliad a throi ei ben un ffordd ac yna'r llall. Roedd wedi cyffio eto ar ôl cysgu'n gam ar lawr ei swyddfa yn Llundain. Roedd y boen yn ei gylla'n ei atgoffa ei fod wedi llowcio'i frecwast a'i ginio wrth ei ddesg eto. Gwelai oleuadau'r ddinas yn disgleirio yn y gwyll.

'Oes ganddoch chi syniad o beth yn union fydd yn ein disgwyl ni yno?' gofynnodd y capten, wedi hen arfer gyda gorchmynion tebyg.

'Na. Bydd o leiaf dri yno, ac efallai gymaint â deg, ac fe fyddan nhw i gyd wedi eu harfogi. Peidiwch â chael eich synnu gan ambell un chwaith. Cymysgedd ryfedd ydyn nhw – lladron a drwgweithredwyr yn chwilio am gyfle i wneud arian, ffasgwyr eithafol, a hyd yn oed ambell gyn-filwr. Ond mae'r rhain wedi hen suro ac fe fydd y wlad yma'n lle llawer mwy diogel hebddynt. Cofiwch hynny. Dwi ddim eisiau neb ar ôl i siarad,' meddai'n oeraidd.

'Yn union fel yn llys-genhadaeth Iran yn Llundain yn 1980, felly,' meddai'r capten, yn dwyn i gof y lluniau dramatig hynny o'r SAS yn trechu'r herwgipwyr yno.

'Ie, felly'n union,' meddai'r Cyrnol gan roi'r ffôn i lawr heb air pellach.

Dyna'r unig ffordd i wneud yn siŵr bod y stori hon yn cael ei chladdu, a phawb oedd yn gysylltiedig â hi. Pawb.

*   *   *

Roedd y ffyrdd yn dawel erbyn i Dafydd ac Abel Morgan gyrraedd Dyffryn Conwy. Nid oedd yr un o'r ddau wedi dweud gair wrth ei gilydd ers gadael cartref y Casglwr yn Ardal y Llynnoedd. Dafydd oedd yn gyrru tra bod Abel yn defnyddio'i gyfrifiadur i edrych ar fapiau o'r ardal.

Os oedd wedi dychwelyd i'w hen gartref – ac ni wyddent hynny i sicrwydd – o leiaf roedd mewn ardal ddistaw o'r dyffryn. Roedd y tŷ tua hanner milltir o'r ffordd fawr ar ochr ddwyreiniol y dyffryn ac wedi'i guddio gan y coed. Gellid mwynhau golygfeydd dros y dyffryn oddi yno wrth i'r haul fachlud. Gwyddai Dafydd, o'i brofiad o yrru ar ffordd gefn tua Chapel Garmon o Lan

130

Conwy, y gellid parcio yno a cherdded weddill y ffordd. Erbyn hyn roeddent wrthi'n paratoi eu gêr yng nghefn y fan.

'Gwranda ar bob gair rwy'n ei ddweud wrthyt, jest fel pnawn 'ma, a bydd popeth yn iawn – ti'n deall?' rhybuddiodd Abel wrth glipio'i felt ymlaen a gwneud yn siŵr bod y llawddryll yn ddiogel. Roedd ei wyneb, fel un Dafydd, wedi'i guddio gan golur tywyll. Nodiodd Dafydd ei ben yn nerfus ac roedd y boen yn ei stumog yn ei atgoffa o'r adeg pan gafodd dynnu'i apendics yn bymtheg oed. Gobeithiai nad oeddent yn rhy hwyr. Ond roedd Elen wedi bod yn nwylo'r Casglwr bellach ers dros ddeuddeg awr. Gweddïodd Dafydd yn dawel tra bod Abel yn ailadrodd ei orchmynion.

'Dilyna fi, a chofia, dim gair. Dilyna fy arwyddion i a bydd yn ofalus iawn lle wyt ti'n rhoi dy draed. Dwi ddim yn meddwl y bydd o wedi cael cyfle i osod unrhyw ddyfeisiadau diogelwch. Baswn i'n llawer hapusach tase amser gennym i archwilio'r tir yn gyntaf, ond mae pob munud yn bwysig nawr.'

Gyda hynny, agorodd Abel ddrws y fan a chamu i gyfeiriad y ffens gan ddringo drosti'n ofalus. Roedd ei ddillad tywyll yn ei guddio'n berffaith yn y gwyll. Dilynodd Dafydd ef heb air.

Roedd Abel yn amau bod y Cyrnol am anfon tîm o filwyr i'w helpu, ond roedd ei reddf yn ei rybuddio i fod yn ofalus. Cofiodd gyngor a gawsai gan gyn-gyd-swyddog pan ymunodd gyda'r gwasanaeth cudd.

'Paid ag ymddiried yn neb, yn enwedig y rhai sydd ar dy ochr di. Y rheiny ydi'r gwaethaf. Paid byth ag ymddiried yn dy bobl di dy hun. Byth.' Roedd y swyddog hwnnw bellach yn pydru mewn cell yn Affrica. Felly roedd Abel wedi disgwyl tan nawr cyn anfon neges at y Cyrnol yn datgelu lleoliad y tŷ, er nad oedd yn siŵr o hyd ai dyma lle'r oedd y Casglwr yn cuddio. Gobeithiai y byddai hynny'n rhoi digon o amser iddo wneud ei waith cyn dianc.

*   *   *

Ers iddi ddeffro roedd Elen wedi bod yn ceisio rhyddhau ei dwylo. Roeddent wedi eu clymu gyda darn o blastig tenau oedd mor dynn nes ei fod wedi torri i mewn i'r cnawd. Gorweddai ar wely mewn ystafell dywyll, ac er bod llenni trwm yn gorchuddio'r ffenestr gwyddai bod yr haul wedi machlud. Roedd pwy bynnag a'i cipiodd wedi dwyn ei ffôn symudol, ei phwrs a'i horiawr. Teimlai'n sâl ac roedd blas cas yn ei cheg ar ôl y cyffur a ddefnyddiwyd i'w tharo'n anymwybodol.

Er nad oedd eisiau cyfaddef hynny, roedd ofn yn ei llethu ac roedd ganddi syniad eitha da pwy oedd wedi ei chipio. Roedd yn ormod o gyd-ddigwyddiad ei bod yn gohebu ar stori dihangfa Dafydd, ac yna iddi gael ei chipio. Cofiodd fod Dafydd wedi'i gipio ganol dydd o'r tu allan i'w swyddfa. Ceisiodd gnoi'r gefynnau plastig eto ond roeddynt yn arbennig o galed. Roedd ar fin crio, ond rhwystrodd ei hun. Nid oedd amser i hynny.

Gorweddodd 'nôl ar y gwely a cheisio rheoli'i hanadlu. Roedd yn rhaid meddwl yn glir. Cofiodd am y cwrs diogelwch y buodd arno gyda'r BBC, un a drefnwyd gan gyn-filwyr a chyn-aelodau o'r lluoedd arbennig. Er mai dim ond cwrs oedd o, un bore roedd y milwyr wedi'i

132

herwgipio hi a nifer o'r lleill trwy atal eu car, chwalu'r ffenestri a rhoi mygydau dros eu hwynebau. Taniwyd nifer o ergydion yn agos ati nes bron â'i byddaru. Ond y wers a gofiodd ar y diwedd oedd honno gan gyn-gapten gyda *Marines* De Affrica, wrth iddo annerch y grŵp ar ddiwedd y dydd yn y dafarn.

'Ceisiwch asesu'r sefyllfa cyn gynted â phosibl, yna ceisiwch siarad gyda'r herwgipwyr, neu wneud rhyw fath o gysylltiad. Pwy bynnag ydyn nhw. Mae'n hollbwysig eu bod nhw'n gorfod delio gyda chi, ac mae pob gair sydd rhyngoch mewn sgwrs yn mynd i wneud iddynt feddwl amdanoch fel person yn hytrach nag fel gelyn, neu darged. Peidiwch â gadael iddyn nhw reoli'r sefyllfa. Gymaint â phosibl, rhaid i chi geisio cadw rheolaeth, er mai chi sydd wedi'ch herwgipio. Fel arall, rydych chi'n siŵr o gael eich lladd.'

Meddyliai Elen am hyn wrth orwedd ar ei chefn mewn tŷ unig gyda'i dwylo wedi eu rhwymo. Ond nid oedd am adael i banic ei llethu er ei bod yn amau mai'r Casglwr oedd wedi ei chipio. Dim ond Dafydd, ac un bodiwr lwcus, oedd yr unig rai erioed i ddianc o'i grafangau.

Roedd yn rhaid cymryd y cam cyntaf yna, felly dechreuodd weiddi a tharo'r llawr gyda'i thraed. Aeth ati'n bwyllog i wneud sŵn, a dal ati am amser. O fewn ychydig funudau fe agorwyd y drws heb rybudd a gwelai gysgod tal yn sefyll yno.

'Peidiwch â gwastraffu'ch amser, fydd neb yn eich clywed yma. Cadwch eich nerth; bydd ei angen arnoch chi,' meddai'r llais oeraidd, ond llais a'i hatgoffai o rywun.

'Be dwi wedi'i wneud i chi? Plis gadewch imi fynd,

mae fy mam a nhad yn wael iawn, a bydd hyn yn ormod o sioc iddyn nhw. Gallai fod yn ddigon i'w lladd. Plis, os gwelwch yn dda, maen nhw'n dibynnu arna i gan fod y driniaeth feddygol yn costio cymaint,' meddai'n gelwyddog, wrth geisio creu darlun torcalonnus o'i sefyllfa.

'Rydych chi'n gwastraffu'ch amser arna i, Miss Davies. Rwy'n meddwl eich bod chi'n gwybod pwy ydw i a pham eich bod chi yma. Ond pwyll piau hi am y tro; mi gawn ni hwyl gyda'n gilydd yn hwyrach ymlaen,' meddai. Wrth i'r Casglwr siarad, gwelodd Elen fod cyllell hir ganddo a'i fod yn ei dal yn ei law a symud honno fel petai'n arwain côr.

'Gwell i chi orffwys tan hynny, Miss Davies; dwi eisiau i effeithiau'r cyffur yna fod wedi gadael eich corff yn llwyr cyn dechrau. Gyda llaw, sut deimlad ydi gwybod eich bod am farw?' gofynnodd.

Gyda'r geiriau iasol hynny, fe gamodd y Casglwr yn ei ôl yn sydyn a chau'r drws. Ond chlywodd Elen mo'r drws yn cau, dim ond sŵn sgrechian. Aeth eiliadau hir heibio cyn iddi sylweddoli mai ei llais hi oedd yn atseinio o amgylch y stafell.

Lladdfa

Ni fyddai'n cyfaddef hynny wrth neb, ond roedd cri'r tylluanod a siffrwd yr ystlumod yn hedfan yn isel yn codi ias ar David George. Er eu bod wedi blino, mynnodd George fod Mitchell ac yntau'n parhau i gerdded o amgylch y tŷ. Baglent yn aml dros wreiddiau'r coed, gan regi'n dawel.

'Dwi wedi cael llond bol hefyd. Ond dwi ddim am roi cyfle i'r diawl McKay yna gael cyfle i'n beirniadu ni eto ar ôl i ni adael i'r ddau ddianc o'r fynwent ddoe,' meddai George gan oedi i rwbio'i ben-glin oedd yn gignoeth ar ôl codwm arall.

'Os ydi Billy the Kid mor ffôl â dod i fa'ma hefyd, mi fydda i'n barod amdano y tro yma,' meddai, gan anwesu'r reiffl AK47 oedd yn ei law. Gwn hela henffasiwn oedd gan Mitchell, gyda'r carn a'r ddau faril wedi'u llifio yn eu hanner. 'Mi gymerwn ni ofal ohonynt y tro yma, dim problem,' ychwanegodd yn ffyddiog gan ddal i edrych o'i amgylch yn bryderus wrth glywed y synau dieithr. Cytunodd Mitchell gydag ef gan feddwl am ddial ar y dyn ddinistriodd ei gar newydd. Yna chwalwyd eu breuddwydion gan rybudd dros y radio.

'Arhoswch lle rydach chi! Mae yna ddau ddyn yn cuddio yn y llwyni tua ugain llath o'r lle rydach chi'ch dau'n gwneud digon o sŵn i ddychryn pobl fyddar,' rhybuddiodd McKay. 'Tîm dau, lle 'dach chi? Dewch at y tir wrth gefn yr adeilad ar unwaith. Brysiwch! Tîm tri, symudwch oddi wrth y giât a chadwch olwg ar y tŷ. Gwnewch yn siŵr nad oes neb yn gadael,' gorchmynnodd.

Disgynnodd Mitchell i'w gwrcwd gan droi i edrych ar y llwyni. Ni welai neb. Sut ar y ddaear nad oedden nhw wedi gweld dau ddyn oedd yn cuddio yn y llwyni hyn? Sut roedd McKay wedi'u gweld nhw? Sychodd ei geg a thagu wrth geisio siarad gyda George. Roedd ei ddwylo'n chwyslyd yn sydyn a charn y gwn yn llithrig. Yna gwelodd rywbeth yn symud yn y cysgod o'i flaen. Dychrynodd. Saethodd ddau faril ei wn gyda'i gilydd.

* * *

O fewn munudau i gyrraedd y goedwig, roedd Abel wedi clywed sŵn rhywun arall yn nesáu. Dau berson o leiaf, a'r rheiny'n gwneud tipyn go lew o sŵn. Gwnaeth arwydd ar Dafydd i aros tra oedd yn asesu'r sefyllfa. Ond gan ei fod yn craffu ar y ddau berson a welai, ni sylwodd Abel fod cysgod arall yn nesáu o'r ochr chwith. Symudai hwnnw cyn ysgafned â gwlith yn disgyn ar laswellt. Roedd wedi eu gweld nhw.

Penderfynodd Abel y buasai'n gadael i'r ddau gerdded heibio ac yna'n eu dilyn. Ond roedd y ddau wedi sefyll yn stond a throi i edrych yn syth i gyfeiriad Dafydd ac Abel. Oedden nhw wedi ei weld? Amhosibl, os nad oedd ganddynt ddyfais gweld-yn-y-nos, a phwy fyddai ag un o'r rheiny yma? Teimlodd chwys yn cronni ar ei gefn ac roedd ei goesau'n cyffio wrth iddo orfod sefyll fel delw. Os arhosaf yn llonydd bydd popeth yn iawn, meddyliodd.

Teimlodd am ei ddagr oedd yn ei wregys a dechreuodd gynllunio sut y gallai eu dilyn nhw a'u lladd gyda'r gyllell heb wneud smic o sŵn.

Chwalwyd llonyddwch y nos gan ddwy ergyd uchel. Gwelodd Dafydd ddwy fflach o'i flaen; fe'i dallwyd am ychydig eiliadau cyn iddo wasgu ei wyneb mor ddwfn ag y gallai i'r ddaear.

Adnabu Abel y sŵn fel ergydion gwn dau faril, a chlywodd suo rhai o'r pelets yn hedfan yn ddiniwed drwy'r coed. Roedd pwy bynnag a'u taniodd yn sefyll yn rhy bell i achosi niwed difrifol. Heb oedi, cododd ei wn a saethu dwy ergyd i'r fan lle y gwelodd y fflach eiliad yn gynharach.

Trawyd Mitchell gan y ddwy fwled, a chafodd ei daflu'n ôl ar ei gefn gan riddfan. Byddarwyd George gan yr ergydion cyntaf, ac roedd wedi troi at ei gyfaill gan godi'r reiffl o'i flaen fel petai'n darian.

'Be wyt ti wedi'i weld? Lle wyt ti wedi'i weld o?' dechreuodd ofyn cyn gweld Mitchell yn cael ei hyrddio'n ôl gan rym anweledig. Yna clywodd y bwledi. Trwy gornel ei lygaid fe welodd fflam yr ergydion o'r llwyni roedd McKay wedi eu rhybuddio yn eu cylch. Er gwaetha'r sioc o weld ei ffrind yn cael ei saethu, a'r ofn yn pwmpio'r adrenalin trwy ei gorff, trodd George i wynebu'r llwyn gan dynnu *trigger* ei wn a gweiddi'n uchel.

'Cymer hwn, y diawl, mi lladda i di, mi lladda i chi i gyd!' ebychodd gan godi ar ei draed a chamu tuag at y llwyn gan ysgubo'r bwledi o'i flaen. Roedd cic y gwn yn ei law a sŵn y bwledi yn chwipio'r tir yn ei lenwi â hyder.

Ar ôl saethu ddwywaith, roedd Abel wedi rowlio ar ei ysgwydd dde cyn codi ar ei gwrcwd eto gyda'r gwn wedi'i anelu'n ei ddwylo. Yna gwelodd fflam yn y tywyllwch ac adnabu sŵn unigryw yr AK47. Clywai rywun yn gweiddi hefyd, ac roedd y person gyda'r gwn yn symud yn gyflym i gyfeiriad y fan lle bu'n cuddio eiliadau'n gynharach. Rowliodd eto ar ei ysgwydd dde, ond gan gropian yn ei flaen hefyd. Ceisiodd gyfri nifer yr ergydion, ond roedd y saethwr wedi mynd ar chwâl yn llwyr. Nid oedd wedi'i hyfforddi i ddefnyddio'r gwn ac roedd yn gwastraffu'r bwledi.

Clywodd glic y gwn – oedd bellach yn wag o fwledi – a rheg uchel hefyd. Roedd ar ei gwrcwd eto gyda'i wn wedi'i anelu yn ei ddwylo yn chwilio am darged. Gwelai gysgod siâp dyn lai na deg llath ar ei ochr chwith a throdd i anelu, gan gau un llygad cyn tanio wyth ergyd mewn pedair cawod o ddwy tuag ato a chlywed sŵn griddfan. Disgynnodd y cysgod gan rowlio ar y llawr. Taflwyd Abel ar ei ochr hefyd, a meddyliodd am amrantiad fod rhywun wedi ei daro yn ei fraich gyda changen o goeden. Yna sylweddolodd ei fod wedi cael ei saethu.

Pan glywodd McKay yr ergydion cyntaf rhegodd Mitchell a George, ond arhosodd yn ei unfan gan syllu'n galed ar y ddau gysgod a welai ger y llwyni. Credai bod un ohonynt wedi gorwedd ar y llawr ac aros yno. Camgymeriad mawr oedd credu hynny.

Ond roedd y llall wedi symud fel y gwynt, gan rowlio ar ei ochr ddwywaith i geisio osgoi cawod ergydion George. Arhosodd McKay yn ei unfan gan ddal y reiffl yn dynn wrth ei ysgwydd. Roedd yn disgwyl am ei gyfle. Credai am eiliad fod George neu Mitchell wedi llwyddo i'w daro gydag un o'u hergydion. Yna gwelodd y cysgod yn codi ar ei gwrcwd ac yn saethu tuag at Mitchell, a'i daro nes bod hwnnw'n rowlio ar y llawr. Dyma ei gyfle, meddyliodd, gan anelu'n ofalus cyn saethu.

Gwyddai Abel ei fod wedi cael ei saethu, ond wrth rowlio ar y llawr roedd eisoes yn ceisio rhesymu o ble daeth yr ergydion. Ceisiodd estyn am ragor o fwledi o'i boced gyda'i law chwith, ond teimlai honno'n gwbl ddiffrwyth, fel petai wedi bod yn cysgu arni drwy'r nos. Tra oedd yn gorwedd ar ei gefn rhoddodd y gwn rhwng ei goesau a defnyddio'i law dde i estyn a newid magasîn bwledi'r gwn. Pan oedd yn barod, daliodd y gwn yn ei law dde. Disgwyliodd i'r person a'i saethodd wneud camgymeriad.

Byddarwyd Dafydd gan yr holl saethu a theimlodd fwledi'n taro'r ddaear a rhwygo'r canghennau uwch ei ben. Clywai weiddi a griddfan, ond mentrodd godi'i ben. Nid oedd syniad ganddo i ba gyfeiriad yr aeth Abel. Roedd wedi ei barlysu gan ofn, ond cofiodd gyngor Abel.

'Pan aiff pethau'n flêr, ac maen nhw'n siŵr o wneud, rhaid iti symud. Paid aros yn dy unfan, mae hynny'n gamgymeriad ac yn rhoi cyfle i dy wrthwynebydd. Rydyn ni wedi bod yn llawer yn rhy lwcus hyd yn hyn, felly rhaid iti feddwl a gweithredu. Edrycha o dy amgylch, a gwna rywbeth.'

A dyma fo, yn torri pob cyngor roddodd Abel iddo fo. Gyda'i galon yn curo'n galed, a'r bwledi fel petaent yn dod o bob cyfeiriad, tynnodd y gwn o'i wregys. Symudodd y botwm a daliodd ef yn ei ddwy law fel y dangosodd Abel iddo, cyn saethu ergydion yn ddall tua'r nefoedd.

Pan welodd McKay y cysgod yn disgyn gwyddai ei fod wedi llwyddo i'w saethu, ond yna fe gollodd olwg arno wrth iddo rowlio i'r llwyni. Rhegodd y tywyllwch cyn cerdded yn ei gwrcwd am ychydig gamau gan graffu ar y llawr. Fe'i dallwyd pan daniwyd gwn lai na deg llath oddi wrtho. Swniai fel yr un math o wn â'r un a ddefnyddiwyd i saethu Mitchell a George. Trodd i'r chwith i wynebu'r targed newydd. Anelodd a saethu'n gyflym yr un pryd.

Gwyddai Abel mai Dafydd a saethodd wrth iddo orwedd ar y ddaear. Hanner eiliad oedd ei angen ar Morgan i weld fflach pwy bynnag oedd wedi ei saethu, wrth i hwnnw geisio dod o hyd i Dafydd. Ni chafodd McKay unrhyw rybudd wrth i fwledi Abel ei hyrddio'n gelain yn erbyn y goeden agosaf. Arhosodd Abel am darged arall, er na chlywai neb yn symud. Ond roedd wedi cael ei anafu'n ddrwg.

'Dafydd. Dafydd!' Gwaeddodd yn uwch. 'Dere yma – dwi wedi'u saethu nhw i gyd. Dere yma nawr. Dwi'n amau fod mwy ohonyn nhw. Does dim amser i'w wastraffu,' meddai gan geisio codi'n araf ar ei draed. Gollyngodd y gwn i deimlo'i anafiadau. Teimlai ei gorff yn oer ac roedd yn fyr ei anadl. Roedd ei fraich chwith yn ddiffrwyth a gallai deimlo ddau dwll yn ei gefn a'r rheiny'n gwaedu'n drwm. Clywodd Dafydd yn baglu draw ato.

'Wyt ti wedi dy anafu'n ddrwg?' holodd yntau, gan hercian am ei wynt wrth benlinio yn ymyl Abel.

'Does dim amser i boeni am hynna nawr. Rwy moyn i ti chwilio am gyrff y rhai dwi wedi'u saethu. Dere ag unrhyw arfau sydd ganddyn nhw. Ond chwilia hefyd am radio, neu ffonau symudol. Unrhyw beth fel yna. Gallwn ni ddefnyddio'r rheiny i weld faint mwy ohonyn nhw sydd yma. Cer nawr, does dim munud i'w golli. Defnyddia dy fflachlamp. A rho'r gwn yna i fi. Bydd angen ei ail-lenwi.'

Aeth Dafydd heb holi dim, yn teimlo'n benysgafn oherwydd y sioc a'r adrenalin oedd yn dal i bwmpio trwy ei wythiennau. Defnyddiodd Abel becyn meddygol oedd ar ei wregys i geisio atal y gwaedu. Ond daliodd i wrando'n ofalus rhag ofn i eraill gyrraedd. Pe byddai rhywun yn dod, byddent yn siŵr o gael eu denu gan olau Dafydd. Nid oedd yn teimlo'n euog am ddefnyddio hwnnw felly. Ceisiodd godi ar ei draed, ond methodd ac eistedd yn ôl ar y llawr. Gwaethygai'r boen, ac roedd yn gorfod brwydro am ei anadl. Cyfogodd a blasu gwaed chwerw yn ei geg.

'Dwi wedi'u casglu nhw i gyd, dwi'n meddwl,' meddai Dafydd gan ollwng y gynnau'n flêr wrth ochr Abel. 'Dyma ddau radio hefyd, ac mae rhywun wedi bod yn gweiddi am yr arweinydd ac am dîm un. Mae'n swnio fel petaen nhw'n panicio.'

Gafaelodd Abel yn y radio a gwrando am ychydig eiliadau. Gwasgodd y botwm i ddarlledu a siaradodd yn araf mewn llais dwfn, bygythiol.

'Gwrandewch yn ofalus. Rydyn ni wedi eu lladd nhw i gyd. Pob un ohonyn nhw. Chi sydd nesaf. Rwy'n gallu eich gweld chi, rwy'n agos iawn. Byddwch yn barod i farw. Rydyn ni am eich lladd chi bob un.'

Pan glywodd y ddau ddyn yn yr ail dîm orchymyn McKay i ddod i'w helpu, rhedasant yn galed tua chefn y tir lle roedd y saethu'n digwydd. Ond ar ôl i'r ergydion beidio roedd y ddau wedi sefyll yn llonydd. Bu'r ddau yn galw'n ofer ar eu pennaeth, Mitchell, i egluro beth oedd yn digwydd.

'Be ddylsan ni wneud?' gofynnodd y byrraf, gŵr pump ar hugain oed oedd yn byseddu'r gwn yn ofnus. Y ddinas oedd eu cynefin. Roedd popeth yn ddieithr a bygythiol yma. Dechreuodd gerdded yn araf wysg ei gefn 'nôl tuag at y tŷ.

'Stwffia hyn; os ydi'r lleill wedi eu lladd, dwi'n mynd. Dwi ddim isio bod y nesaf i farw. Os ydi Mitchell 'di mynd, dwi ddim am aros,' atebodd ei gyfaill, oedd wedi hen arfer dwyn o geir a bygwth pobl ddiniwed am arian. Heb air pellach, trodd a rhedeg at y tŷ a dilynodd ei bartner ef yn syth gan edrych yn ofnus dros ei ysgwydd bob yn ail gam.

Safai'r ddau oedd yn y trydydd tîm yn llonydd o flaen y tŷ, wedi idddynt glywed y saethu ac yna'r rhybudd bygythiol ar y radio. Lloyd oedd un o'r ddau, recriwt diweddaraf McKay. Roedd ar dân i wneud argraff, ond y gwir amdani oedd mai cachgi oedd o, dan yr wyneb bygythiol.

Lladrata o swyddfeydd post gwledig oedd eu harbenigedd nhw, ac er eu bod yn cario gynnau ers blynyddoedd doedd neb erioed wedi saethu tuag atynt. Nawr roedd rhywun nid yn unig yn eu saethu, ond hefyd wedi lladd eu harweinydd ac wedi eu bygwth nhw. Wrth drafod yn frysiog beth ddylent ei wneud, ni sylwodd yr un o'r ddau ar y ffigwr yn eu gwylio'n ofalus drwy ffenestr y llofft. Cerddodd y ddau wysg eu cefnau i gysgod y coed a thrafod yn gyflym beth fuasai fwyaf manteisiol iddynt. Ffoi oedd eu dewis, ond nid cyn i Lloyd benderfynu tanio nifer o ergydion tuag at y tŷ. Nid oedd erioed wedi saethu gwn o'r blaen, a chredai ei fod wedi gwneud rhywbeth fyddai'n peri i unrhyw un allai fod yn eu herlyn i feddwl eilwaith.

Gwrandawodd Abel a Dafydd ar y radio am ychydig funudau gan edrych o'u hamgylch yn ofalus.

'Ti'n meddwl eu bod nhw wedi cymryd y cyfle i ddianc?' gofynnodd Dafydd yn bryderus. Swatiai wrth ochr Abel.

'Dwi ddim yn siŵr. Pwy a ŵyr?' atebodd hwnnw, cyn tagu ar gegaid arall o waed. Ni sylwodd Dafydd ar hynny.

'Mi fydd y Casglwr yn siŵr o fod wedi clywed y saethu. Rhaid i ni fynd yna ar unwaith neu mi fydd wedi dianc eto – a lladd Elen . . .' meddai, gan edrych o'i amgylch yn wyllt.

'Fydda i ddim yn mynd i nunlle o'r fan hyn,' meddai Abel gan dagu eto ac ymladd am ei anadl. 'Rwy'n meddwl mod i'n mynd i farw. Mae'r bwledi wedi mynd trwy f'ysgyfaint ac maen nhw'n llenwi â gwaed. Does dim byd all neb fan hyn ei wneud i mi nawr.'

Brwydrodd am ei wynt. Roedd wedi bod yn meddwl yn galed am hyn, a'i edmygedd tuag at Dafydd wedi tyfu dros y dyddiau diwethaf. Nid oedd unrhyw deulu gan Abel, ac roedd eisiau helpu rhywun am unwaith, nid ufuddhau i orchmynion yn unig.

Gafaelodd yn llaw Dafydd a'i gwasgu'n galed. 'Paid â gwastraffu dy fywyd; mae'n anrheg lawer rhy werthfawr ac unigryw i hynny. Paid â gadael i bobl eraill ddifetha dy fywyd di, fel digwyddodd gyda f'un i. Ceisia fyw pob diwrnod fel petai hwnnw yr un olaf. Wnei di addo hynny imi, wnei di? Addo?'

Gan roi ei law dde ar foch Dafydd, tynnodd Abel

wyneb Dafydd yn agos gan fod ei olwg yn araf bylu, a gwelodd y dyn ifanc yn nodio.

'Efallai y byddi di angen help – arian, cyngor, neu bolisi yswiriant, unrhyw beth fel'na. Rwy am i ti ei gael e. Chwilia amdano ar y we. Defnyddia fy enw i, ac agora gyfrif ebost *Yahoo*. Y gair cudd ydi enw ein gwlad wedi ei ysgrifennu tu chwith. Ynddo fe weli di neges, yn Gymraeg. Bydd cyfarwyddiadau yno sut i fynd at gyfrif banc yn Lichtenstein. Chwilia am y banc hynaf yn y ddinas. Fe gei di help yno. Defnyddia fe os wyt ti ei angen, unrhyw bryd, cofia.'

Gafaelodd Dafydd yn ei fraich, ac er ei fod yn ddiolchgar am y cymorth, roedd yn poeni bod y Casglwr am ddianc. 'Mi fyddi di'n iawn, Abel; arhosa yn fan'ma i orffwys, ac mi a' i ar ôl y Casglwr.'

Ysgwydodd Abel ei ben. 'Na. Dwyt ti ddim yn ddigon cryf i wynebu'r Casglwr yma ar dy ben dy hun. Wyt ti erioed wedi ymladd yn erbyn dyn arall? Mae hwn wedi llofruddio fwy nag unwaith. Gwell iti ddianc. Nawr, creda fi, dyw hi ddim yn ddiogel i ti aros yma.

'Bydd milwyr a'r gwasanaethau cudd yma cyn bo hir; rwy wedi cysylltu gyda nhw a rhoi'r cyfeiriad iddyn nhw. Mae'r hyn sy'n digwydd yma'n bwysicach nag wyt ti'n sylweddoli, yn bwysicach nag y galli di byth ei ddychmygu. Rhaid iti ddianc ar unwaith.

'Rwy'n amau fod y Cyrnol am gael gwared â phawb sy'n gysylltiedig â'r digwyddiad yma, felly dylset achub ar dy gyfle nawr a dianc. Mae e wedi rhoi gorchymyn i ladd pawb sydd yma.'

Er y rhybudd, a'r atgofion a lifai'n ôl iddo am gael ei hela gan filwyr yn y goedwig ger y Drenewydd flynyddoedd yn ôl, ysgwydodd Dafydd ei ben. Atebodd ef ar unwaith.

'Dwi wedi bod trwy uffern am hyn a dwi wedi breuddwydio a gweddïo am y cyfle yma. Y Casglwr ydi'r unig berson dwi ei angen i brofi mod i'n ddieuog. Fel arall, mi fydda i yn y carchar am flynyddoedd. Dwi ei angen o. Dwi'n mynd i wynebu'r Casglwr ar fy mhen fy hun. Dwi'n mynd i'w ddal.'

Roedd Abel yn ysgwyd ei ben. 'Ti ddim yn deall, Dafydd bach. Hyd yn oed os byddi di'n llwyddo i'w ddal, wnaiff y Cyrnol byth ganiatáu iddo fynd i'r llys. Byth. Rhaid i ti ddianc nawr cyn ei bod rhy hwyr . . .'

Yna disgynnodd ei ben ymlaen nes ei fod yn pwyso ar ei frest wrth i'w anadl hercio'n boenus trwy ei wefusau am y tro olaf. Daliodd Dafydd ef, am eiliad yn unig, cyn ei osod i orffwys ar lawr y goedwig. Gafaelodd yn y llawddryll oedd wrth ei ochr a'i roi yn ei wregys ar ei glun. Yna cododd lawddryll *Glock* Abel a'i wthio i'w wregys o dan ei gôt yng ngwaelod ei gefn. Dechreuodd redeg i gyfeiriad cartref y Casglwr.

Y Dewis

Pan glywodd y Casglwr yr ergydion cyntaf, roedd wrthi'n paratoi i ladd Elen. Roedd wedi hogi ei gyllell a'i arfau eraill ac roedd wrthi'n rowlio hen ddarn o garped i'w ddefnyddio i gario'i chorff o'r hen dŷ yn Nyffryn Conwy. Gollyngodd hwnnw a rhedeg i edrych drwy ffenestr y cefn. Ni welai ddim, ond roedd sŵn brwydr yn digwydd yn y coed – clywai sŵn saethu a gweiddi. Roedd mewn cyfyng-gyngor. Roedd rhywun yno yn ymladd, ond pam?

Rhedodd at ffenest ger y drws ac edrych drwyddi. Gwelai ddau ddyn yn cario gynnau yn sefyll yno. Dechreuodd y ddau gerdded tuag at y tŷ, yna gwelodd un yn codi'i law at ei ben. Roedd radio ganddo. O fewn llai na hanner munud roedd y ddau wedi cerdded yn gyflym wysg eu cefnau 'nôl i'r goedwig.

Teimlai'r Casglwr ofn yn ei fygu. Roedd dynion arfog wedi amgylchynu'r tŷ – ond pwy oedd yn saethu at ei gilydd? Penderfynodd fod yn rhaid dianc ar unwaith; nid oedd am aros i weld pwy oedd am ennill y frwydr. Pwy bynnag oedd yno, byddai rhywun yn siŵr o alw'r heddlu, yn hwyr neu'n hwyrach, wrth glywed y saethu. Datglôdd y drws yn ofalus cyn ei agor yn araf. Ymestynnodd ei wddf i edrych allan. Distawrwydd. Ni welai neb.

Camodd allan o'r tŷ, ac roedd ar fin dechrau rhedeg tuag at gysgod a diogelwch y coed pan glywodd nifer o ergydion. Chwalwyd un o'r ffenestri, a chlywodd glec bwledi'n taro'r drws a'r wal, gyda darnau bychain o gerrig a phlastr yn tasgu i bob cyfeiriad. Taflodd ei hun ar y ddaear, ond teimlai nodwyddau poeth ar ei wyneb. Cododd ei law at ei wyneb. Roedd yn gwaedu. Trodd ar ei gwrcwd a thaflu ei hun drwy'r drws oedd yn hanner agored, gan ei gicio ar gau y tu ôl iddo gyda'i draed. Ni allai ddianc. Roedd ei elynion yn arfog ac wedi'i amgylchynu. Aeth i'r gegin i nôl ei gyllell, ac yna anelodd am y grisiau. Ni fyddai angen y carped arno bellach.

Clywsai Elen y saethu hefyd a bu'n ceisio edrych drwy'r ffenestr. Yna aeth i bwyso yn erbyn y drws a dyna pryd y clywodd y Casglwr yn nesáu, gan chwibanu'n isel wrtho'i hun. Dechreuodd Elen sgrechian am ei bywyd.

*   *   *

Rhedodd Dafydd tuag at y tŷ gan ddal ei freichiau o'i flaen fel tarian i warchod ei wyneb rhag y canghennau. Roedd y tŷ a'r tir o'i amgylch ar lethr eithaf serth a chwyrlïai ei goesau fel melin wynt i'w arbed rhag syrthio. Clywodd ergydion, ond yn rhy bell i ffwrdd i rywun fod yn saethu tuag ato ef. Nid oedd ganddo amser i'w wastraffu.

Neidiodd dros y llwyn olaf, ac yn sydyn roedd yn sefyll ar y graean mân oedd yn amgylchynu'r tŷ. Taflai'r lleuad lawn olau gwyn dros bopeth, gan wneud i'r cysgodion edrych yn fygythiol. Safodd yn stond. Ni wyddai beth i'w wneud nesaf. Yna clywodd sgrech, ac un arall. Llais merch yn dod o'r tŷ! Rhedodd yn syth at ffenestr ochr y tŷ, tynnu'r gwn o'i wregys a'i danio wrth redeg. Chwalodd y ffenestr gwydr dwbl. Arhosodd a defnyddio carn y gwn i dorri gweddill y gwydr cyn neidio drwyddi. Oedodd i sbecian drwy'r llenni trwchus cyn neidio i mewn i'r tŷ gan lanio ar ei gwrcwd gyda'r gwn wedi'i ddal yn ei ddwy law. Fferwyd ei waed gan sgrech arall.

*   *   *

O fewn chwe munud i derbyn yr alwad gan y Cyrnol am leoliad cartref y terfysgwr roedd dau hofrenydd du o eiddo'r gwasanaethau arbennig wedi codi i'r awyr o gyffiniau Henffordd. Yn y ddau hofrenydd *Puma HC1* roedd chwe milwr arfog a dau beilot yr un.

'Byddwn uwchben y targed o fewn pum munud ar hugain, Capten,' meddai peilot yr hofrenydd cyntaf. 'Yn ôl ein mapiau ni mae'r tir yn edrych yn serth a choediog a'r dewis ydi i ni lanio yn y dyffryn, sydd filltir i ffwrdd, neu i chi neidio allan uwchben y targed.'

Atebodd capten y milwyr dros radio mewnol yr hofrenydd. 'Dos â ni'n syth yno, ac mi neidiwn allan gan ddefnyddio'r rhaffau. Does dim amser gynnon ni i wneud *recce* o'r safle, felly fe neidiwn ar unwaith.'

Rhuai'r gwynt gan fod y drysau wedi eu tynnu oddi ar yr hofrenydd hwn. Gwisgai pob milwr wregys diogelwch a gafaelent yn dynn yn eu reiffls. Pwysai pen ambell un yn ôl yn erbyn y seddi caled, wedi hen arfer â chyrchoedd o'r fath.

'Pa mor beryglus ydi'r targed, Capten?' gofynnodd y peilot, wedi iddo gael amser i archwilio pob man glanio yn fanwl. 'Gall fod yn boeth iawn, felly disgwyliwch y gwaethaf – ac unwaith rydym wedi neidio allan, ewch oddi yma ar unwaith. Ewch 'nôl i Henffordd. Bydd timau eraill yn cyrraedd mewn ceir yn fuan wedyn.'

148

Trodd y capten fotwm ar y radio fel nad oedd neb ond ei filwyr yn clywed y gorchymyn nesaf. 'Cofiwch, saethwch yn gyntaf. Does dim angen rhoi rhybudd. Terfysgwyr fydd pob un sydd yma, a'r gorchymyn ydi lladd pawb. Byddwn yno mewn ychydig funudau.'

* * *

O ystafell ar y llawr cyntaf y clywodd Dafydd y sgrech, felly agorodd ddrws i chwilio am y grisiau. Clywodd sŵn cadair drom yn disgyn uwchben. Safai mewn cegin, a'r ystafell hon eto yn hollol dywyll. Cerddai'n ofalus yn awr, bron yn dal ei wynt. Gwyddai fod y Casglwr yn agos.

Agorodd ddrws arall ac roedd yn sefyll yn y cyntedd. Ar yr ochr dde roedd drws talcen y tŷ. Gwelai ddarnau o wydr ar y llawr ymhobman a thywynnai'r lleuad trwy dyllau crwn destlus yn y drws. Ar yr ochr chwith roedd y grisiau. Edrychodd eto ar y tyllau gyda'i freichiau'n hongian wrth ei ochr. Tybed pwy fu'n saethu at y tŷ? Nid oedd amser ganddo i bendroni mwy am hynny, a rhedodd i fyny'r grisiau gan gyrraedd landing hir gyda drysau bob ochr iddo. Gwelai ddrws yn agored yn y pen draw, ac roedd golau'r stafell ynghynn. Gwelai flaenau dwy droed yn gorwedd yno. Dechreuodd redeg tuag at y drws, gyda'r gwn yn ei law dde.

Roedd ei sylw wedi hoelio ar y drws agored, felly ni sylwodd fod un o'r drysau eraill yn gilagored. Pan oedd wrth ymyl hwnnw agorodd y drws led y pen yn ddirybudd a chafodd Dafydd gip ar droed yn cicio allan at ei ben-glin. Roedd yn rhedeg yn gyflym ac ni allai wneud dim byd i'w rwystro. Baglwyd ef a disgynnodd ar ei hyd ar lawr. Gollyngodd y gwn a cheisiodd ddefnyddio'i fraich i rwystro'r godwm, ond teimlodd y carped yn llosgi ochr ei wyneb cyn i'w ben daro'r wal nes ei fod yn gweld sêr. Ceisiodd godi ar ei draed, ond cafodd ergyd galed ar ochr ei ben eto a disgynnodd ar ei gefn.

Clywodd lais a drodd ei stumog. 'Dwi'n amau mai fy hen ffrind Mr Smith sydd yma; jest mewn pryd hefyd. Mae hyn yn dod â phopeth at ei gilydd yn daclus iawn.'

Cododd Dafydd ei hun ar ei bengliniau. Roedd yn agos at y drws agored, a gwelai mai Elen oedd yn gorwedd yno. Roedd gwaed ar y llawr. Ceisiodd deimlo â'i ddwylo am y gwn roedd wedi'i ollwng.

'Chwilio am hwn wyt ti?' gofynnodd y Casglwr, gan bwyso ar y wal, tua chwe throedfedd oddi wrtho. Ysgydwodd Dafydd ei ben a chraffu. Gafaelai ei elyn yn y llawddryll gan ei chwifio am ychydig, cyn ei daflu dros ei ysgwydd i'r ystafell y bu'n cuddio ynddi a disgwyl i Dafydd ei ddilyn.

'Y gyllell fu fy ffrind pennaf i erioed,' meddai gan dynnu'r gyllell hir o'r wain ar ei wregys. 'Dwi'n meddwl bod digon o amser gen i rŵan i'th gyflwyno di iddi. Tybed faint o boen y gelli ei ddioddef? A hoffet ddweud rhywbeth cyn i mi dy ladd?'

Trodd y llafn hir o'i flaen yn araf a gwelai Dafydd y dannedd miniog. Roedd gwaed ar wyneb y Casglwr. Teimlai rywbeth caled yn pwyso yng ngwaelod ei gefn. Cofiodd am y gwn arall a phwysodd ar ei benelin chwith gan deimlo am y gwn gyda'i law dde. Gafaelodd yn y carn, symudodd y botwm gyda'i fawd a'i ddal o'i flaen yn ei ddwy law.

'Gwn arall,' meddai'r Casglwr gan fethu â chuddio'r syndod yn ei lais wrth iddo syllu'n galed arno. 'Na, fuaset ti byth yn meiddio fy saethu i, na faset? Dyn cyffredin fel chdi,' meddai'n herfeiddiol gan gamu yn ei flaen.

Gorweddai Dafydd ar ei gefn gyda'r gwn yn ei ddwy law. Symudodd y baril ychydig i'r dde a saethu ergyd a chwibanodd heibio clust y Casglwr. Rhewodd hwnnw yn ei unfan.

'Paid â phoeni, wna i ddim methu a wna i ddim meddwl eilwaith cyn dy saethu chwaith, felly paid â nhemtio. Gollynga'r gyllell, cicia hi tu ôl iti yn araf, a safa'n llonydd,' meddai Dafydd mewn llais bloesg.

Gollyngodd y Casglwr y gyllell cyn ei gwthio tu ôl iddo gyda'i droed. Felly roedd wedi ei ddal. Ond nid dyma oedd y diwedd.

'Llongyfarchiadau, Smith. Ti wedi fy nal o'r diwedd. Dylswn fod wedi cael gwared â ti pan gefais i gyfle. Ond paid â meddwl am eiliad mod am gyfaddef mai fi lofruddiodd dy gariad, chwaith. Na, dy ffrind arall dwi wedi'i lladd, drws nesaf iti.'

Roedd y Casglwr yn gwenu. Gwyddai bod dynion arfog eraill o amgylch y tŷ, felly am y tro roedd yn rhaid dal i siarad gyda Dafydd tra oedd yn ceisio meddwl am ffordd o ddianc. A fuasai Dafydd yn ei saethu, tybed, o ystyried mai fo oedd yr unig berson allai brofi bod Dafydd yn ddieuog?

Er gwaetha'r demtasiwn, nid edrychodd Dafydd i'r chwith lle roedd corff Elen yn gorwedd. Roedd wedi gweld y gwaed yn barod, ac yn ofni'r gwaethaf cyn i'r Casglwr ddechrau ei wawdio. Dyma'r dyn lofruddiodd ei gariad a'i anfon yntau i garchar am y drosedd. Torrodd hwn galon ac iechyd ei fam a bu hi farw heb iddo gael cyfle i ffarwelio â hi. Nawr roedd e wedi lladd ffrind a chyn-gariad arall iddo. Atseiniai rhybudd Abel yn ei glustiau: 'Paid ag ymddiried yn neb . . . Wnaiff y Cyrnol fyth ganiatáu iddo fynd i'r llys . . . Mae wedi gorchymyn lladd pawb.' Oedd o am ymddiried yn y Cyrnol i beidio ag ymyrryd ac i gael cyfiawnder gan y system gyfreithiol?

Gwelai'r Casglwr yn crechwenu o'i flaen a phenderfynodd beth roedd am ei wneud. Caeodd un llygad a gwelodd y wên yn diflannu oddi ar wyneb ei elyn wrth iddo danio'r gwn dair gwaith. Hyrddiwyd y Casglwr yn ei ôl a llithrodd oddi ar y wal i'r llawr heb ddweud gair. Ni theimlai Dafydd unrhyw beth. Dim llawenydd, na thristwch, dim ryddhad hyd yn oed. Ond roedd rhybudd Abel am y milwyr yn ei boeni. Cofiodd am y rhai a'i saethodd tra oedd yn ceisio ffoi oddi wrthynt flynyddoedd ynghynt.

'Dafydd? Dafydd, chdi sydd yna?'

Clywodd lais Elen, ac am eiliad credai ei fod yn breuddwydio. Trodd a'i gweld yn codi ar ei chwrcwd yn simsan. Daliai ei phen yn ei dwylo gan riddfan. Gwelai Dafydd fod ei dwylo wedi eu rhwymo â stribed o blastig. 'Be ddigwyddodd, lle mae o? Roedd o'n trio fy lladd!'

Cododd Dafydd ar ei draed, ac er y boen yn ei ben-glin a'i ben camodd ati yn gyflym a'i helpu ar ei thraed cyn ei chofleidio. 'Elen! Ro'n i'n meddwl ei fod wedi dy ladd!'

Dechreuodd hithau grio gan bwyso'n drwm yn erbyn ei ysgwydd. Crynai ei chorff ac roedd ei llais yn gryg. Camodd Dafydd yn ôl gyda'i fraich am ei hysgwydd.

'Tyrd, rhaid i ni adael y lle ofnadwy 'ma. Dwi'n amau

152

fod milwyr ar y ffordd. Bydd yn fwy diogel i ni adael ar unwaith.'

Cerddodd y ddau ar hyd y landing a chysgododd Dafydd wyneb Elen rhag iddi weld corff y Casglwr. Wedi cyrraedd gwaelod y grisiau, cerddodd y ddau at y drws gyda'u hesgidiau'n crensian drwy'r darnau gwydr ar y llawr. Agorodd Dafydd y drws a chlywodd sŵn rhyfedd. Trodd a thynnu Elen ar ei ôl gan ddechrau rhedeg.

'Dafydd, be ydi'r brys – a be ydi'r sŵn yna?' gofynnodd Elen, yn baglu ar ôl Dafydd gyda'i dwylo'n dal wedi'u rhwymo. Er ei bod yn noson dawel roedd brigau uchaf y coed yn ysgwyd yn ffyrnig. Gafaelodd Dafydd yn dynn yn y gwn gyda'i law dde ac yn nwylo Elen gyda'i law chwith.

'Y tro diwethaf i fi glywed y sŵn yna roedd milwyr yn ceisio fy lladd. Tyrd, rheda! Does dim amser i'w wastraffu. Mae gen i fan wedi'i pharcio y tu ôl i'r coed. Os arhoswn ni yma mi gawn ein lladd!'

Ar Ffo

Wedi cuddio am ddeuddydd, gwelodd Dafydd ei gyfle i ddianc. Yng nghysgod y coed ger caeau Treborth ar lan y Fenai, gwelai bedwar dyn ar feics yn croesi Pont Britannia. O'r bagiau llwythog ar gefnau'r beics gwyddai mai teithwyr oeddynt, ac yn debygol o fod yn anelu am Iwerddon, ar y fferi o Gaergybi.

Cychwynnodd ar ei feic a chroesi pont Menai a seiclo'n galed tuag at yr hen A5 gan ddal y pedwar seiclwr cyn iddynt gyrraedd Gaerwen. Dilynodd nhw am ugain munud nes iddynt orfod aros i drwsio pynctiar. Manteisiodd ar y cyfle i gynnig help a chychwyn sgwrs. Cafodd ei wahodd i ymuno â nhw ar eu taith i Iwerddon. Pan gyrhaeddodd y criw o bum seiclwr swyddfa dollau a diogelwch y llongau fferi yng Nghaergybi, ni thalwyd llawer o sylw iddynt. Chwilio am lofrudd yn teithio ar ei ben ei hun roedd yr heddlu yno.

Aeth i'r siop a phrynu papur newydd. Sbeciodd drwyddo'n sydyn wrth rwbio'i farf, ond nid oedd gair ynddo amdano ef eto heddiw. Prif stori'r papur oedd marwolaeth un o noddwyr amlwg y blaid Ffasgaidd, Syr Marcus Evans, mewn damwain car danllyd ar yr M25.

Wrth i dref Caergybi ac arfordir Cymru ddiflannu y tu ôl iddo, meddyliodd Dafydd am yr hyn oedd yn ei wynebu. Byddai'n rhaid iddo aros yn Iwerddon am sbel, yn teithio a gwersylla ar ei ben ei hun. Roedd yn rhaid iddo gyrraedd Ewrop rhywsut, ac unwaith y byddai yno fe allai seiclo i Lichstenstein a gweld beth roedd Abel Morgan wedi'i adael iddo yno. Nid oedd pasbort ganddo, ond roedd Abel wedi gadael digon o arian parod iddo yn y fan, ynghyd â'r offer gwersylla.

Ar ôl iddynt ddianc o'r goedwig gyda sŵn gynnau'n cael eu tanio a hofrenyddion uwchben, roedd Dafydd wedi rhybuddio Elen y byddai'n rhaid iddi beidio â datgelu ble cafodd ei chadw'n gaeth. Bu eu ffarwelio oriau'n unig ar ôl cwrdd yng nghartref y Casglwr yn boenus tu hwnt, ond fe addawodd Dafydd y byddai'n cysylltu â hi eto, rhywsut. Yna defnyddiodd y rhif gafodd o gan Morgan i alw'r Cyrnol yn ei swyddfa. Lai na phymtheg eiliad barodd yr alwad o orsaf drenau Crewe.

'Mae'r wybodaeth yn ddiogel gen i, a thra mod i'n fyw, ni fydd yn cael ei datgelu,' meddai. 'Ond os digwyddith unrhyw beth i mi, bydd y dystiolaeth i gyd ar y we ymhen oriau. Allwch chi gymryd y risg yna?'

Gyda hynny rhoddodd y ffôn yn ôl yn ei grud.

Teimlodd Dafydd y gwynt yn ei wallt a blasodd yr heli. Trodd i gyfeiriad dec y llong fferi i wynebu dyfodol ar ffo.

Nodyn gan yr awdur

Er mai dychmygol yw cymeriadau a digwyddiadau'r nofel hon bron i gyd, nid ffrwyth fy nychymyg mo'r digwyddiadau yn yr ail bennod.

Erys y chwedlau am ymweliad honedig Adolf Hitler â Lerpwl cyn y Rhyfel Mawr, a beth bynnag fo'r gwirionedd am hynny, dengys yr ymosodiadau adain-dde diweddar hyn ei fod yn dal i daflu cysgod dros Ewrop, dros drigain mlynedd ers ei farwolaeth.

Mae pethau'n edrych yn ddu ar Dafydd.

Daeth yn enwog fel gohebydd ar bapur newydd
The Times yn Llundain, ond llithrodd y cyfan trwy
ei ddwylo. Bellach mae 'nôl yng ngogledd Cymru,
yn gweithio ar bapur lleol, i fòs y mae'n ei gasáu.
Mae mewn dyled, ac ar fin colli ei swydd – a'i
gariad. Ac mae'n yfed gormod.

Yna, mae Dafydd yn baglu dros stori frawychus
sy'n cynnig cyfle iddo ddianc o'r twll y mae ynddo.

Nid damwain a achosodd farwolaeth sinistr y corff
ar y rheilffordd. Ac nid yw'n credu am funud mai
lladd ei hunan wnaeth ei ffrind.

Rhaid i Dafydd ddatrys y dirgelwch sydd wrth
wraidd y stori er mwyn achub ei groen ei hun . . .
ond am ba bris?

Wedi i'w yrfa addawol fel pêl-droediwr fynd yn ffliwt,
does gan Dafydd Smith ddim dewis ond dod adre i'r
Drenewydd i ddechrau gweithio i'r papur newydd
lleol. Pan gaiff hen wraig ei llofuddio ar fferm
gyfagos, caiff Dafydd ei hunan ar drywydd y stori cyn
neb arall. Ond pam lladd hen wraig ddiniwed? Oes
gan y parsel o bapurau â CYFRINACHOL wedi ei
stampio arno rywbeth i'w wneud â'r achos?

A beth yw rhan *MI5* yn hyn i gyd? Yn sydyn mae'r
cyw-newyddiadurwr yn gwybod gormod, a'r cwestiwn
mawr yw pa un o'r erlidwyr sy'n mynd i ddal Dafydd
gynta, ai'r Cyrnol, yr heddlu ynteu'r Lladdwr? Mae'r
stori llawn tensiwn yn symud yn gyflym o'r
Canolbarth i goridorau grym Llundain, ac yn ôl i
goedwigoedd a llynnoedd Powys. All Dafydd redeg
yn ddigon cyflym i ddianc rhag y Lladdwr? Mae ei
yrfa – a'i fywyd – yn dibynnu ar ddweud y stori, ond
tybed a ydyw'n ddigon dewr i herio'r Sefydliad?

£6.95

O Afallon i Shangri La

Llion Iwan

Taith anturus ar gefn beic ar hyd un o ardaloedd
mwyaf anial y byd a geir yn y gyfrol
ardderchog hon. Dewch yng nghwmni Llion
Iwan i gopa'r byd – ardal yr Himalayas wrth
iddo adrodd stori wir am wireddu breuddwyd,
am fentro gwthio corff ac ysbryd i'r eithaf a
chael profiadau gwirioneddol fythgofiadwy yn
dâl am yr ymdrech.